水韵联趣

英爱文　解莹　著

中国水利水电出版社
www.waterpub.com.cn
·北京·

内 容 提 要

本书为作者结合水利工作与生活实际，整理创作而成的以水为主题的对联赏析图书，通过通俗易懂、轻松幽默的表现形式对水对联所表达的核心思想与人生感悟进行介绍。本书共分为四篇，从名人轶事与诗词典故中分析探索对联所表达与传递的精神境界与主旨思想。多角度、多维度地向读者展示水对联的文学知识与精神价值。本书可供对水文化及对联感兴趣的社会大众、水利行业相关人员阅读参考。

图书在版编目（CIP）数据

水韵联趣 / 英爱文, 解莹著. -- 北京 : 中国水利水电出版社, 2024. 12. -- ISBN 978-7-5226-2846-2

Ⅰ. I269

中国国家版本馆CIP数据核字第2024A9K373号

书　　　名	**水韵联趣** SHUI YUN LIAN QU
作　　　者	英爱文　解莹　著
出 版 发 行	中国水利水电出版社 （北京市海淀区玉渊潭南路1号D座　100038） 网址：www.waterpub.com.cn E-mail: sales@mwr.gov.cn 电话：（010）68545888（营销中心）
经　　　售	北京科水图书销售有限公司 电话：（010）68545874、63202643 全国各地新华书店和相关出版物销售网点
排　　　版	中国水利水电出版社微机排版中心
印　　　刷	清淞永业（天津）印刷有限公司
规　　　格	170mm×240mm　16开本　9.75印张　170千字
版　　　次	2024年12月第1版　2024年12月第1次印刷
定　　　价	48.00元

凡购买我社图书，如有缺页、倒页、脱页的，本社营销中心负责调换

版权所有·侵权必究

前言

对联是中国汉语独特的艺术形式，历来为大众所喜闻乐见。本人大学时期就开始喜欢读诗、读对，无论是书刊杂志，还是风景名胜，每每见到喜欢的对联便抄录下来。2016年，中央和国家机关精神文明建设协调领导小组办公室举办"我们的价值观，我们的中国梦"春联征集活动，我的作品"水联——水沙无患乐桑梓，国泰民安笑神州"未曾想在近九千副对联中，有幸获得了二等奖，或许是因为这两句道出了水利人的奋斗目标和百姓的美好心愿吧。这次的获奖经历，也让我对对联的兴趣更浓了。闲暇之时，就想着一边欣赏、一边整理这些收集来的对联。

在读到"树大根深，不宿无名小鸟；滩干水浅，难藏有角蛟龙"时，感叹道：人生就是这样，不要总是抱怨自己怀才不遇。当你脚踏实地干事，展示出自己的真才实学，干成了实实在在的事情，做出了真真正正的业绩，你自然就会取得相应的报酬，赢得相应的尊重，获得相应的地位。否则就会德不配位。

有一则故事中的联句"水底日为天上日，眼中人是面前人"很是让人深思。当今社会，要珍惜面前的工作机会，兢兢业业，脚踏实地，则必有所获；若频繁跳槽，几年下来，可能发现自己在原地踏步。在家庭生活中，夫妻之间更是如此，若能珍惜当下的缘分，始终做到"面前人"就是"眼中人"，心无旁骛，眼中无他人，那么即使发生矛盾，也能大事化小，小事化了，也能做到互谅互让，你忍一言，我退半步，虽不能总是风平浪静，却必能相爱相守，地久天长。是啊，应该珍惜"面前人"。

"忍一时风平浪静，退一步海阔天空"这句古话说得很有道理。当今社会，离婚率较高。难道是现代人不懂得珍惜家庭？珍惜缘分？珍惜生活？不一定，至少不完全是。其实许多的夫妻矛盾，都是由细小的琐事引起，并不是什么原则性问题。争强好胜，互不相让，舍不下脸面，小小火星终成熊熊大火。夫妻如果有一方，若能忍一时，甚或忍一言，多做自我批评，矛盾就会烟消云散，云开日出，也不至于鸳鸯各自飞。有人说得好，家庭不是讲理的地方，而是讲情的地方。即使是有理，也不必揪着不放，得理不饶人。应该大度一点，糊涂一点。郑板桥曾说人生最难的是"难得糊涂"。在家庭里面，能做到糊涂是很不容易的，尤其是聪明的糊涂就更难了，这需要大智慧。工作当中、生意场上，又何尝不是如此。许多矛盾，利益纠葛，都在所难免。只要设身处地，换位思考，各退一步，或让三分，定能海阔天空、柳暗花明，或相互促进、获利双赢。强势者，无论是国家，还是集团（组织），抑或个人，尤其要摒弃仗势欺人、得寸进尺、零和博弈之思维定式；若能做到水唯善下，先忍一时，退一步，那我们的天空一定会阳光明媚，世界也一定会鲜花盛开。

当读到关于"赤壁"的一副名联时，我深有感慨。正如苏东坡《赤壁赋》（亦常称为《前赤壁赋》）中所译，天地之间，凡物各有自己的归属，若不是自己应该拥有的，即令一分一毫也不能求取。唯有造物者恩赐的声色相伴的江上清风、山间明月，享用不尽、无人得禁。苏轼这些历经沧桑之所"悟"，恰如庄子所言："达生之情者，不务生之所无以为；达命之情者，不务命之所无奈何。"

"行到水穷处，坐看云起时"道出了诗人王维退隐后自得其乐的闲适生活：独自信步漫游，走到水的尽头，坐看水生云起，变化多端，无忧无虑，悠然自得，流水也好，白云也罢，已然是达到了物我一体的境界，几近无我。好一颗与世无争之心！苏轼晚年亦是悟透人生，不与人争，不与世俗争，写下了"人间有味是清欢"。

其实，人不必总是抱怨世事无常，也不必去追求完美，因为不完美本身就是一种美，"月有阴晴圆缺"才是完美的。最重要的是珍惜，惜缘、惜人、惜福、惜和平；是快乐，乐家、乐业、乐友、乐平安。当然，人真正的快乐，不在于拥有得多，有时多是一种负担，是另一种失去；少非不足，是另一种有余。知足，才能长乐、久安。

本书从浩瀚的对联星海里，撷取部分以水为媒的"水联"进行粗浅解析。这里所说的"水联"是广义的"涉水"的对联，既包含有江、河、湖、海等水体，也包含雨、雪、云、霜、露，又或是冰、泉、酒、茶等。有的对联虽非水联，但与所品读的水联意境相同（相似）或是同一作者的名（趣）联，因而一并收入。

中国是一个诗的国度，在文化历史长河中，诗词名家辈出，争奇斗艳。因而所采撷的水联，许多都与名人诗词相关，除个别是集名诗（词）句而成联外，均出自或化自名诗，试图从对联的角度去品读诗词。有的不仅对所选取的水联进行分析和鉴赏，也对全诗进行解读和赏析，以期更完整地鉴赏所选对联，更好地洞察诗人所思、所想、所悟。从中我们可以感受诗人的爱国情怀、思乡情怀、山水情怀，也能感悟诗人宠辱不惊、去留无意的人生智慧。在品鉴的同时，也表达了许多本人的感悟。

我们的水利工作者，尤其理工科人士，许多人都忙于业务工作，很难挤出时间来找对联读上一读。于是，我和解莹博士将部分水联整理出来，以期让大家读起来更方便、更亲切。但是，鉴于作者的学识和境界所限，各种疏漏、不妥甚至谬误之处在所难免，敬请读者批评和谅解。

英爱文

2024年5月

目录

前言

引言…………………………………………………………………… 1

第一篇　对联中的智慧…………………………………………… 5

第二篇　对联中的座右铭………………………………………… 31

第三篇　对联中的湖光山色……………………………………… 49

第四篇　对联中的故事…………………………………………… 91

附录　趣联共赏…………………………………………………… 131
   一、无情对 ……………………………………………… 132
   二、趣联小酌 …………………………………………… 134
   三、奇联共读 …………………………………………… 139

参考文献…………………………………………………………… 147

引言

对联，又称对偶、对子，有门对、春贴、春联、楹联、庆联、挽联等，是写在纸、布上或刻在竹子、木头、柱子上的对偶语句，有其基本规则和格式，如对应性、关联性、词性、语法结构和修辞、平仄，以及书写、张贴要求等。

对联是一种讲究格律（联律）的文学形式，联律的核心要求是对仗，概括起来包括六大要素。一是字数要相等。上联字数等于下联字数，长联中的上下联各分句字数也应相等。二是词性相当。在现代汉语中，有两大词类，即实词和虚词。前者包括名词（含方位词）、动词、形容词（含颜色词）、数词、量词、代词六类。后者包括副词、介词、连词、助词、叹词、象声词六类。词性相当指上下联同一位置的词或词组应具有相同或相近词性。首先是"实对实，虚对虚"规则，这是一个最为基本，含义也最宽泛的规则。三是结构相称。所谓结构相称，指上下联语句的语法结构（或者说其词组和句式的结构）应当尽可能相同，即主谓结构、动宾结构、偏正结构、并列结构等，上下联应一致。四是节奏相应。就是上下联停顿的地方必须一致。如：莫放、春秋、佳日过；最难、风雨、故人来。这是一副七字短联，上下联节奏完全相同，都是"二、二、三"。比较长的对联，节奏也必须相应。五是平仄相谐。首先，上下联平仄相反。一般不要求字字相反，但上下联尾字（联脚）平仄应相反，并且上联为仄，下联为平。词组末字或者节奏点上的字应平仄相反。长联中上下联每个分句的尾字（句脚）应平仄相反。再者，上下联各自句内平仄交替。但对联平仄问题不是绝对的，在许多情况下可以变通，因联意需要时也可以例外，"平仄服从内容"。六是内容相关。"对联"就是既"对"又"联"，上面说到的字数相等、词性相当、结构相同、节奏相应和平仄相谐都是"对"，而"联"就是一副对联的上下联之间，内容应当相关。当然，无情对例外。

水韵联趣

对联是我国一字一音的中华语言独特的艺术形式,是中华传统优秀文化的重要组成部分,是开在汉语言文学之树上的一朵奇葩。千百年来,对联为帝王将相、文人雅士和平民百姓所喜欢。对联到底起源于何时?一种认为起源于秦代(公元前221—前207年)的桃符。中国民间用画有门神或题着门神名字的桃木板挂在大门旁,用以驱鬼辟邪,每年农历元旦更换一次,称为桃符。王安石《元日》诗中有:"爆竹声中一岁除,春风送暖入屠苏。千门万户瞳瞳日,总把新桃换旧符。"另一种认为对联起源于五代蜀后主孟昶。理由是《宋史·蜀世家》有如下记载:"孟昶每岁除,命学士为词,置寝门左右。末年,辛寅逊撰词,昶以其非工,自命笔云:'新年纳余庆,嘉节号长春。'"也有学者认为,在孟昶以前之唐代,已有人作对联了。谭蝉雪先生在《文史知识》(1991年第四期)上撰文指出,中国最早的楹帖出现在唐代。他以莫高窟藏经洞出土的"斯坦因0610号"敦煌遗书为据,其中有"三阳始布,四序初开。三阳回始,四序来祥。宝鸡能僻(辟)恶,瑞燕解呈祥"等。方东先生就在《霞浦县志》和《福鼎县志》上发现了三副唐代的堂室对联。其一为唐朝的乾符年间(874—879年)进士林嵩所题。联曰:

大丈夫不食唾余,时把海涛清肺腑;
士君子岂依篱下,敢将台阁占山巅。

不过,人们通常还是将五代后蜀主孟昶于公元964年岁除日题在桃符板上的一副春联"新年纳余庆,佳节号长春"作为春联之发轫。

明朝初期,由于朱元璋的提倡,对联得到一次大的普及。"春联"这个名称,就是朱元璋提出来的。《簪云楼杂说》载,朱元璋建都金陵(今南京市)后下令:"除夕传旨,公卿士庶家,门上须加春联一副。"为了检查命令执行情况,朱元璋还"微行出观"。据说,他走到一条偏僻小巷,发现有一家门上还是个空白,便问这家何敢违抗圣旨。当得知这一家是阉猪的,外出才回,还未请到人写时,不但赦了这家的罪,还亲笔给题了这样一副对联:

双手劈开生死地,
一刀割断是非根。

这副对联,朱元璋以阉猪为题,抒发了自己打天下建明朝的惬意之情,写

得很不错。过了几天,朱元璋又到这家门首,初见对联还未挂出,很是生气;后听说这家认为系皇帝御笔,已将其悬挂中堂,烧香礼拜,这才转怒为喜,并赐这家三十两纹银。朱元璋从此也得到一个"对联天子"的雅号。

朱元璋在《题南京秦淮河风月亭》中有一副名联题写秦淮河风月亭:

佳山佳水佳月佳风,千秋佳地;
痴色痴声痴情痴梦,几辈痴人。

由于朱元璋对对联的重视,于是上行下效,每年春节,家家户户都贴对联。久而久之,便成了一种习俗。由于春联的推广,从此对联文化便蓬勃发展起来。明清以来,出现了许多撰写对联的高手。如明代的解缙,清代的郑板桥、纪晓岚、曾国藩、左宗棠等,都是鼎鼎有名的对联高手。有关他们的一些对联逸事,至今仍在流传。

第一篇
对联中的智慧

　　对联作为汉语言文化中一种独有的现象，不仅仅只是一种结构严谨、幽默风趣、妙笔生花的文字游戏，更是彰显了古老中华文明之光芒，蕴含着灿烂文化之智慧，有深邃的哲学智慧，实用的处世智慧，厚重的人生智慧，教人常思考，给人以启迪。

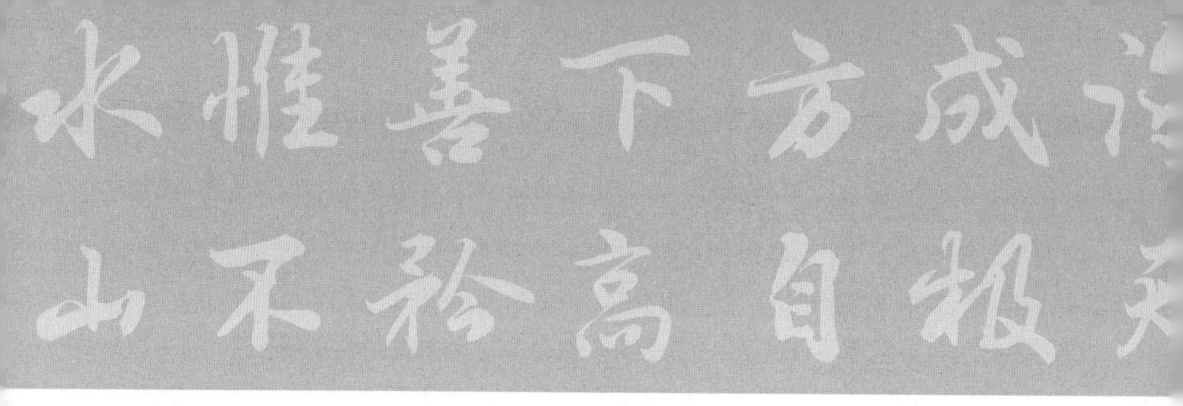

水惟善下方成海,
山不矜高自极天。

插图 林梨

此联语出自孔子门人所撰的《孔子家语》"水惟善下方成海,山不矜高自极天。圣人胸中有大道,得失成败在其中。"

孔子(公元前551年9月28日至前479年4月11日),名丘,字仲尼,鲁国陬邑(今山东省曲阜市)人,祖籍宋国栗邑(今河南省夏邑县),中国古代伟大的思想家、政治家、教育家,儒家学派创始人、"大成至圣先师"。其思想对中国和世界都有深远的影响,其人被列为"世界十大文化名人"之首。

单独作为联时,亦有将"方"写作"能"的。联意为:水只有善待包容,把位置放低,才能成为大海;山不自诩其高,反而可与天比齐。

做人应该像水一样,至柔之中又有至刚、至净、能容、能大的胸襟和气度;做事要像山一样,要有山的胸怀、山的品格、山的内涵和山的原则。

与《孔子家语》中的首联"水惟善下方成海,山不矜高自极天。"有异曲同工之妙的还有这副对联:"泽以长流乃称远,山因直上而成高。"

此联出自俞樾《春在堂楹联录存·集秦绎山碑》,通常还与"言之高下在于理,道无古今惟其时"一起使用。它通过人人都能感知的事物,经过联想,说出一番富有哲理的话,表达了某种人生的感悟。

第一篇　对联中的智慧

上联说,河水因长流,才能达到很远的地方,下联说,山因壁立直上,才能变成很高的形象。从而告诫人们,做事要有恒心,做人要有骨气。"泽以长流乃称远",意思是简单的事情天天做,就会成就"不简单"。

一个人,只要能静下心来,埋头在某一件事情上,不断地下苦功夫,扎扎实实地去求索,终究会取得成功,会有所收获。正所谓"苦心人,天不负"。

水长流,勤奋也。"凿壁偷光""锲而不舍""头悬梁,锥刺股""三更灯人五更鸡""只要功夫深,铁杵磨成针。"一个人,天赋虽然无法改变,但可以通过勤奋来改变人生。如果说天赋是一块璞玉的话,勤奋就是如切如磋,如琢如磨,只有勤奋才能让璞玉变为美玉。

上联还告诉我们,水之所以能"长流"且"及远",是因为它拥有坚持咬定青山不放松的执着。俗话说"水无常形",这是因为水在长流的过程中,会遇到各种各样的阻碍。所以水流必须绕过所有的障碍,曲曲弯弯,千回百转,才终于东归大海。我们做任何事,都要给自己定一个目标,要有始有终,不可半途而废。当我们遇到困难,甚至是失败的时候,不要害怕,不要退缩,不要逃避,要勇敢面对。黑暗过后就会迎来黎明。

仁者乐山,智者乐水,山水之乐,得之心而寓之酒;
老子倡道,孔子倡儒,道儒皆倡,出于理而始于行。

"仁者乐山,智者乐水"中的"乐",音yào,意"喜爱",出自《论语·雍也》,子曰:"知(zhì,同"智")者乐水,仁者乐山;知者动,仁者静;知者乐,仁者寿。"孔子说:"智慧的人喜爱水,仁义的人喜爱山;智慧的人懂得变通,仁义的人心境平和。智慧的人快乐,仁义的人长寿。"这两句还有不同的解读:仁者乐(lè)在于山。直到南宋时代,儒学大师朱熹又把这个规范读音("乐"音yào)写进了《论语集注》。由于朱熹在阐释儒家经典方面的权威地位,他的注音便广泛通行于全国,经过约定俗成,一直传承了下来。此联表现了对传统的认同和弘扬。

书法 英爱文

窗含西岭千秋雪，
门泊东吴万里船。

此联来自杜甫的《绝句》之三：

两个黄鹂鸣翠柳，
一行白鹭上青天。
窗含西岭千秋雪，
门泊东吴万里船。

插图 林梨

杜甫（712—770年），字子美，自号少陵野老，世称"杜工部""杜少陵"等，河南府巩县（今河南省巩义市）人，唐代伟大的现实主义诗人，被世人尊为"诗圣"，其诗被称为"诗史"。杜甫与李白合称"李杜"。杜甫忧国忧民，人格高尚，他的诗约有1400首被保留了下来，诗艺精湛，在中国古典诗歌中备受推崇，影响深远。

公元755年，爆发"安史之乱"，杜甫一度避往梓州，并创作了《绝句·两个黄鹂鸣翠柳》。公元763年，"安史之乱"结束。之后第二年，杜甫也回到成都草堂。当时，经严武推荐，杜甫被任命为节度使署中参谋，检校工部员外郎。于是杜甫写下了这首《绝句》，表达了对严武的感恩之情。

第一句描述了时机到来时的喜悦心情。春回大地，生机盎然，两个黄鹂（一对新婚情侣）引吭高歌、交欢嬉戏。新郎官亦是官，民间有妻子称自己的丈夫为"官人"的。莺鸣乃应节趋时，暗示官位升迁。

第二句写一群高洁之士（含诗人）被提拔高升。白鹭脚长，"高脚"与"高洁"在古代是谐音。所以白鹭又暗喻高洁之士。唐代诗人刘禹锡《白鹭儿》中有"白鹭儿，最高格"之句，白鹭有群飞成序、一行而上的习性。杜甫经严武推荐而为"官"，其中的连带关系显而易见。仿佛在官场中也看见了"一行白鹭上青天"的场景，这个"上"字非常妙，与天上飞一行白鹭的意境拉开了距离。"上"恰到好处地描绘了这一场景，并有拔高提升的感觉，更可以引发联想到身处荒野的高洁之士被提拔高升了。

第三句写杜甫自己寒窗苦读终于学有所成，感慨万千。"窗"是读书的地方，读书的地方能见到雪，便有了寒窗苦读的意境。早春时节，阳光明媚，空气清新，诗人凭窗远眺，草堂近旁的西岭，白雪依稀可见。"千秋雪"则指西岭雪未化，足见雪存在之久远。千秋影射自己十年寒窗修炼的艰辛，更蕴含了多少失意与落寞。诗人从少年时就怀有报国的志向，在历经数十年的重重阻遏之后，多年战乱得以平定，自己岁月没有荒废，业渐精成，终可一展。诗人内心也许还想隐隐表达一种自我肯定与自信，虽然"上青天"是被人提携，但更主要还是靠自己"寒窗苦读"而来的真才实学。

第四句写憧憬，自己既已"上青天"，则定将鹏程"万里"。接自己出山的船就停泊在门口，船行于水，水映天，船犹如行于天上。《易·系辞下》："舟楫之利，以济不通，致远以利天下。""万里船"隐含诗人学有所成，将纵横天下之意。

诗中为何将"船"说是"东吴"的？诗人颇费思量。原来三国时期"东吴"有个同名同姓的严武，擅围棋，无人能敌。官场如棋局，显然，杜甫是借彼棋士严武而喻此政治家严武为"棋圣"，明显带有一种崇敬与赞美之意；既然诗人将举荐自己之人喻为"棋圣"，则暗示自己甘愿成为其一枚"棋子"。这既可以理解为一种感恩图报的宣示，也可看作是杜甫表明唯严武马首是瞻的忠心。

全诗时间、事件、地点、情节、故事表述完满，互相印证，想象无限。感知、感怀、感恩还注入了"修身、齐家、治国、平天下"之人生理想。字面上看起来一句一景，是四幅独立的图景，确是一幅画面感极强的优美风景画。但诗人的内在情感使其内容一以贯之，以清新轻快的景色寄托诗人内心复杂的志趣情操。景在眼前，情通古今，意在天下。全诗构成一个统一的意境，不露痕迹，浑然天成。若能"身临其境"，与诗人"感同身受"，则令人感慨万千，回味无穷。

水韵联趣

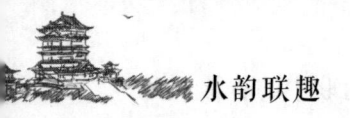

无边落木萧萧下,
不尽长江滚滚来。

此联取自杜甫《登高》(《九日五首》中的一首)之颔联。也有许多人认为,杜甫的《登高》应为"古今七言律诗之冠"。《登高》每一句都是千古佳句,且首联、颔联、颈联、尾联均为对仗极工的对联:

风急天高猿啸哀,
渚清沙白鸟飞回。
无边落木萧萧下,
不尽长江滚滚来。
万里悲秋常作客,
百年多病独登台。
艰难苦恨繁霜鬓,
潦倒新停浊酒杯。

该诗是杜甫在大历二年(767年)秋寓居夔州时所作。

这首诗前半部分写景,后半部分抒情,在写法上各有错综之妙。总体上给人一种萧瑟荒凉之感,他将个人身世之悲、抑郁不得志之苦融于悲凉的秋景之中,极尽沉郁顿挫之能事,使人读来,感伤之情喷涌而出,犹如火山爆发般一发不可收拾。诗人通过重九登高所见、所闻、所感,描绘了江边深远空旷的秋景,抒发了潦倒一生,年老多病,流落他乡的身世之感。

首联写景,开门见山,渲染悲凉气氛。诗人登高首先看到的景象为天高风急,秋气肃杀,猿啼哀啸,十分悲凉;清清河洲,白白沙岸,鸥鹭低空回翔。疾风、白沙、小洲、啸猿、飞鸟,构成了一幅悲凉的秋景图画,犹如画家的工笔,形、声、色、态,一一得到表现,为全诗的"悲秋"之感定下了基调。登高而望,江天本来是开阔的,但诗人的文字,却令人强烈地感受到,风之凄急、猿之哀鸣、鸟之回旋,都笼罩着浓浓的"悲秋"气氛,仿佛万物都对秋气的来临惶然无主。"风急天高猿啸哀","风急"两字,起句非凡,气势磅礴,令人敬畏;"猿啸哀",则极度渲染"悲秋"气氛,大有"空谷传响,哀转久绝"之意。一个"急",

一个"哀"字非常有代入感，使人立马进入作者所营造的令人忧伤的情境里不可自拔。苦闷情绪溢满于胸，无处排遣，诗人将其浓缩寄托于鸟的处境下写道：渚清沙白鸟飞回，构造出一幅冷淡惨白的画面，"渚"是"清"的，"沙"是"白"的，"鸟"是"飞回"的，在一片萧瑟肃杀得荒无人烟的"渚沙"之中飞舞盘旋，可见其孤独，不禁令人想起"绕树三匝，何枝可依"的凄凉感。而从整幅画的构造视角来说，这是一幅描画天地之一处视野较窄的微观水墨画。仔细品味，首联十四字，无一虚设，字字精练，用字遣词，神斧鬼凿。

颔联为千古名句，描写秋天肃穆、空旷辽阔的景象，着重渲染整个秋天气氛，集中地表现"悲秋"的典型特征，好比画家的写意。在诗人登高之处，仰望落叶飘零，无边无际，纷纷扬扬，萧萧而下；俯视，不尽长江，汹涌澎湃，滚滚奔腾，激流而来。此联，仰视与俯视结合的景象描写，颇有疏宕之气。"无边"，放大了落叶的阵势，"萧萧下"，又加快了飘落的速度；"不尽"，拓展了长江的博大，"滚滚来"，又渲染了激流的态势。可以体会出，这一联在写景的同时，也深沉地抒发了诗人的情怀。"无边""不尽"，使"萧萧""滚滚"更加形象化，不仅使人联想到落木窸窣之声，长江汹涌之状，也无形中传达出韶光易逝、壮志难酬的感怆。它的境界非常壮阔、雄浑，对人们的触动不仅仅限于岁暮的感伤，也让人想到了生命的易逝与有限，宇宙的无穷与永恒。这一联对仗精工，沉郁悲凉，显示着诗人出神入化的笔力，建瓴走坂、百川东注的磅礴气势；因此被誉为古今独步的句中化境，非常贴切。

诗人在前两联极力描写"悲秋"的景象，颈联和尾联的视角回归微观，回到诗人个人身上。

颈联表现感情，从纵（时间）、横（空间）两方面着笔，由异乡漂泊写到多病残生。"万里悲秋常作客，百年多病独登台。""悲秋"已让人黯然神伤，"万里悲秋"更是让人凄怆不已。一个"常"字道出"万里悲秋"时常与我相伴，悲哀感之强烈浓重，令人心神寂寥，无可排遣。融入一联雄阔高浑的对句之中，情景交融，使人深深地感受到诗人沉重的感情脉搏，语言极为凝练。若从字面意思来理解，"万里悲秋"时常常客居他乡，诗人不应是孤独的，而是有人陪伴的，所以与下一句"独登台"产生矛盾。实则不然，看诗人用字便知。从一般用法来说，"作"连接抽象的事物，如作难、作废、作别，而"做"连接的都是能在实际生活中感知到的具体事物，如做作业、做工、做衣服。"客"本是实际能感知到的具体事物，一般指"人"，诗人在这里用了"作"，不用"做"，

令人疑惑，但细细想来，正是诗人用词巧妙之处。"万里悲秋"是抽象的事物，诗人将感伤情绪寄托于景物，而不是实际生活中的具体事物，故不用"做"，而用"作"。为达到加深悲秋之感的效果，所以"万里悲秋"与我相伴，我只能"独登台"。

"悲秋"两字写得极为沉重。秋天不一定可悲，只是诗人目睹苍凉恢廓的秋景，不由得想到自己沦落他乡、年老多病的处境，故而生出无限悲愁之绪。此联的"万里""百年"和上一联的"无边""不尽"，有相互呼应的作用。诗人的羁旅愁与孤独感，就像落叶和江一样，推排不尽，驱赶不绝，情与景交融相洽，出神入化，寄托了诗人悲秋伤己的伤感情怀。诗到此处，已给"作客思乡"的一般含义，添上了"久客孤独"的内容，增加了"悲秋苦病"的情思，加进了"离乡万里、人在暮年"的感叹，使诗意更见深沉。这一联，十四字含有八层意思，且对仗极其精确。八层意思，无不含"悲"：他乡作客，一可悲；长年作客，二可悲；万里作客，三可悲；寒秋作客，四可悲；暮齿无为，五可悲；亲朋亡散，六可悲；孤独登高，七可悲；身患疾病，八可悲。这种种的可悲，使诗人倍感身世的凄凉。

尾联，诗人由秋及人，有感而发。写时世艰难，生活困苦，年老多病，常恨鬓如霜白；浊酒消忧，却怎奈潦倒多病，以至需要停杯戒酒，自己拖着残躯独自登上高台，那种异乡怀人、心中苦闷之情喷薄而出。从白发日多，护病断饮，归结到时世艰难，道出了潦倒不堪的根源。因此，杜甫忧国伤时的情操，便跃然纸上。"艰难苦恨繁霜鬓，潦倒新停浊酒杯"，连用"艰""难""苦""恨"四个字组合在一起，极尽笔墨，突出诗人内心的痛苦和郁闷程度之深，愁肠百结，愁绪万千，以至于白了头发，伤了身体，失了流年，因"潦倒"生病而戒酒，悲愁就更难排遣了。壮志未酬身先老，悲秋之情，愁苦之绪，绵延不绝，令人哀悸。

全诗以悲秋伤怀为基调，情景交融，浑然一体，且又通体对仗，巧夺天工。语言既富有形象性，又具有高度的概括力，给人以深沉浓郁的审美情趣。明代中叶著名的学者、诗人和文艺批评家、诗论家胡应麟在《诗薮》（《诗话》之意）中写道："杜'风急天高'一章五十六字，如海底珊瑚，瘦劲难名，沉深莫测，而精光万丈，力量万钧。通章章法、句法、字法前无昔人，后无来学。微有说者，是杜诗，非唐诗耳。然此诗自当为古今七言律第一，不必为唐人七言律第一也。"

白日依山尽，
黄河入海流。

此联取自盛唐时期著名诗人王之涣的代表作《登鹳雀楼》"白日依山尽，黄河入海流。欲穷千里目，更上一层楼。"中的首联。王之涣（688—742年），字季凌，祖籍并州晋阳（今山西省太原市），唐朝著名诗人。

这首诗画面感极强，千百年来，经久传唱，幼童可诵。"鹳雀楼"亦因此诗而名扬中华千百年。其实，尾联"欲穷千里目，更上一层楼。"更是让人回味无穷，只是考虑到本书的初衷是以水为媒介，才从首联入手。

这首诗为唐诗中的不朽之作，被誉为唐代五言诗的压卷之作。全诗通俗易懂，然而气势连贯，厚重有力，虚实相生，意境雄浑。二十个简单的字却如千钧巨椽，描绘出了北国河山的气势磅礴和壮丽景象。诗人以概括之笔书写大自然的雄景奇姿，道出对生活的深刻理解，表达了积极向上的盛唐情怀。诗句看来只是平铺直叙地写出了这一登楼的过程，然而其景物之壮观，情势之磅礴，意境之深远，哲理之深刻，可谓是冠绝古今，千古绝唱。

琴里知闻唯渌水，
茶中故旧是蒙山。

此联出自唐代著名诗人白居易《琴茶》："兀兀寄形群动内，陶陶任性一生间。自抛官后春多醉，不读书来老更闲。琴里知闻唯渌水，茶中故旧是蒙山。穷通行止长相伴，谁道吾今无往还。"白居易（772—846年），字乐天，号香山居士，又号醉吟先生，祖籍太原。唐代现实主义诗人之一，也是唐代最高产、对后世产生深远影响的诗人之一，与李白、杜甫并称唐代三大诗人。

水韵联趣

《琴茶》是一首七言律诗。该诗表面上看表达了作者归隐后的洒脱之情，其实内心希望有朝一日能重返朝廷，为国家作出贡献。可是他的愿望却一直没能实现。

首联写自己天性开朗，豁达洒脱，与官场中的风气相悖，故寄身官场屡受排挤；颔联则写赋闲后的惬意之状，但又隐含了作者对"抛官"闲居的无奈与郁闷。

颈联起句写琴。渌水，原指河名，亦指清澈的水。这里的"渌水"为古琴曲，为诗人之所爱。诗人精通音律，曾有《听弹古渌水》诗云："闻君古渌水，使我心和平。欲识漫流意，为听疏泛声。西窗竹阳下，竟日有余清。"可知诗人提此曲是为了表明平和心境。次句写茶，"故旧"是指老朋友、旧相识。"蒙山"指蒙山茶，产于雅州名山县（今属四川省），蒙顶山区，相传西汉年间，吴理真禅师亲手在蒙顶上清峰甘露寺植仙茶七株，饮之可成地仙。诗人举此茶，以表明自己超然的思想。

但诗人毕竟是标准的儒家子弟，他的辞官并非完全出自本心，看到唐王朝日益加剧的矛盾，各种弊端的呈现，他的忠君爱国之心无法掩饰，因此在尾联他表达了自己壮志难酬的感叹和欲展宏图的期望。"穷通行止"，这里的"穷"指报国无路，"通"指才华得施，"行"指政见得用，"止"指壮志难酬。白居易另一首《江南谪居十韵》中的"壮志徒许国，薄命不如人。才展凌云志，俄成出水鳞。……行藏与通塞，一切任陶均。"正是这句诗的最好注释。末句表达了诗人想返回长安为国效力的愿望，但诗人至终亦未能再进西京，令人感叹。该诗表达了诗人"达则兼济天下，穷则独善其身"的观点。

微云淡河汉，
疏雨滴梧桐。

此联取自唐代山水田园派代表诗人孟浩然《句》中"微云淡河汉，疏雨滴梧桐。逐逐怀良驭，萧萧顾乐鸣。"的首联。孟浩然（689—740年），名浩，字浩然，号孟山人，襄州襄阳（今湖北省襄阳市）人，唐代著名的山水田园派诗人。

此联写景。"河汉"即天河，银河。两三抹微云飘在银河间，而几点雨滴在梧桐之上，都是以景为心情导引的吟咏。微云、河汉、疏雨、梧桐均是平常之物，而诗人把这四种物象由两个动词巧妙地串连起来，组成一幅静谧清幽的秋夜画

面。"淡""滴"二字就是诗眼,起着画龙点睛的作用。同时期的诗人王士源在《孟浩然集序》说道:"(浩然)闲游秘省,秋月新霁,诸英华赋诗作会。浩然句曰:'微云淡河汉,疏雨滴梧桐。'举座嗟其清绝,咸阁笔不复为继。"他的这两句诗之所以能够技压群芳,就是因为表现出了他自己的人生境界。古人说:"诗言志,歌永言。"真正的诗歌,是要表现自己志向和人生境界的。明月清霁,天上微微地点缀着一些云彩,银河显得稍稍暗淡了下来,朦朦胧胧的,更增添几分风韵。稀稀疏疏的雨点,滴在清秋的梧桐叶上,发出嘀答嘀答的响声,更显出这清秋夜晚的凄清来。

字面上是写景,其实从银河朦胧可以看出诗人心里的忧郁,犹如才华被"微云"暗淡了光芒;秋雨梧桐,怎一个愁字了得。从而很自然地过渡到尾联诗人内心所抒发的"怀良驭"的惆怅:千里马常有,伯乐呢?

花红易衰似郎意,
水流无限似侬愁。

此联出自唐代文学家、哲学家,有"诗豪"之称的刘禹锡(772—842年,字梦得)《竹枝词·山桃红花满上头》:"山桃红花满上头,蜀江春水拍山流。花红易衰似郎意,水流无限似侬愁。"

这首诗是写一位深情的女子在爱情受到挫折时的愁怨。这挫折乃是薄情郎的负心,这原本是一个很古老的主题,而表现这个主题的这首小诗,其情景之浑化无迹,意境之高妙优美,却是罕见无比的。

此联对景抒情,用的是两个比喻:花红易衰,正像郎君的爱情虽甜,但不久便衰落;而流水滔滔不绝,正好像自己的无尽愁苦。这两句形象地描绘出了这个失恋女子的内心痛苦。比喻贴切、动人,使人读了不禁为这个女子在爱情上的不幸遭遇而深受感触。南唐后主李煜的《虞美人》词:"问君能有几多愁,恰似一江春水向东流。"用江水比拟亡国之痛的深沉悠长,历来被人们称为写愁的名句,其实这正是从"水流无限似侬愁"一句脱胎而来的。

诗人采用民歌常用的比兴手法,先写眼前春水恋山的景象,然后再用它来作比喻,抒写愁绪,从而形象地描绘出人物的内心情感。全诗比喻新颖别致,形象感强。

这首诗的现实感也很强。"强扭的瓜不甜",是你的总归是你的。当有人走

了之后，你应该想到或许下一个就是最好的，如果那样的人不能重现，那么留给你的应该是最美的回忆，而不是犹豫和等待，合适的才是最好的。

是啊，无论是针对个人，还是团体，无论是针对生活，还是事业，关键都是要实实在在珍惜眼前人，兢兢业业做好当下事。只有真正立足当下，切实珍惜当下，好好活在当下，才能把握未来，成就未来，光耀未来。

泉声咽危石，
日色冷青松。

此联出自王维《过香积寺》"不知香积寺，数里入云峰。古木无人径，深山何处钟。泉声咽危石，日色冷青松。薄暮空潭曲，安禅制毒龙。"中的颈联。王维（701—761年），字摩诘，号摩诘居士，河东蒲州（今山西省运城市）人，唐代著名诗人、书画家，状元及第、尚书右丞，参禅悟理，有"诗佛"之称。书画特臻其妙，后人推其为南宗山水画之祖。苏轼评价其："诗中有画，画中有诗""诗中有禅"。

诗人既是去访香积寺，却不清楚香积寺的具体位置在哪里，便步入茫茫山林中去寻找，行不数里就进入白云缭绕的山峰之下。却仍然还是见不到它的身影。这里古木参天，杳无人迹；忽然又飘来一阵隐隐的钟声，在深山空谷中回响，使得本来就很寂静的山林又蒙上了一层迷惘、神秘的情调，这是多么荒僻而又幽静的境界。

颈联"泉声咽危石，日色冷青松。"意在表现环境的幽冷，而手法和上二句不同。诗人以倒装句，突出了入耳的泉声和触目的日色。"咽"字在这里极为准确、生动：山中危石耸立，流泉自然不能轻快地流淌，只能在嶙峋的岩石间艰难地穿行，仿佛痛苦地发出幽咽之声。诗人用"冷"来形容"日色"，岂不谬哉？然而仔细玩味，这个"冷"字实在太妙了。夕阳西下，昏黄的余晖涂抹在一片幽深的松林上，这情状，岂能不"冷"？

诗人涉荒穿幽，直到天快黑时才到香积寺，看到了寺前的水潭。"空潭"之"空"不能简单地理解为"什么也没有"。王维诗中常用"空"字，如"空山不见人""空山新雨后""夜静春山空"之类，都含有宁静的意思。暮色降临，面对空阔幽静的水潭，看着澄清透彻的潭水，再联系到寺内修行学佛的僧人，诗人不禁想起佛教的故事：在西方的一个水潭中，曾有一毒龙藏身，累累害人。

佛门高僧以无边的佛法制服了毒龙，使其离潭他去，永不伤人。佛法可以制毒龙，亦可以克制世人心中的欲念。"安禅"为佛家术语，即安静地打坐，在这里指佛家思想。"毒龙"用以比喻世俗人的欲望。

王维晚年诗笔常带有一种恬淡宁静的气氛。这首诗，就是以他沉湎于佛学的恬静心境，描绘出山林古寺的幽邃环境，从而造成一种清高幽僻的意境。前六句纯乎写景，然无一处不透露诗人的心情，可以说，王维是把"晚年惟好静"的情趣融化到所描写的景物中去了。因此最后"安禅制毒龙"，便是诗人心迹的自然流露。

诗采用由远到近、由景入情的写法，从"入云峰"到"空潭曲"逐步接近香积寺，最后则吐露"安禅制毒龙"的情思：身心皆寂，安然宁静，远离那凡尘俗世的邪念妄想。果然是"诗中有禅"。

草色全经细雨湿，
花枝欲动春风寒。

此联出自王维《酌酒与裴迪》"酌酒与君君自宽，人情翻覆似波澜。白首相知犹按剑，朱门先达笑弹冠。草色全经细雨湿，花枝欲动春风寒。世事浮云何足问，不如高卧且加餐。"中的颈联。

此联像是对友人所说，又像是喃喃自语。野草漫天涯也全靠细雨的滋润，花枝欲展露鲜艳的芬芳却先要经过寒冬的洗礼。

首联、颔联写世事无情，官场角斗。诗人为好友裴迪斟酒，请他自我宽慰，世事人情，反复无常，无异于海里翻覆不止的风雨与波澜。相交到老的朋友还要提防他笑里藏刀，先达官路的人却讥笑我踏上了仕途。

尾联回归到诗人的"真心"，世事不过如过眼云烟，觉得再怎么美好，最终都不是自己的，人不过是世间一尘，与其被俗世所扰，倒不如抛开名利场，放眼山水，活好当下，过好每一天，才是人生真正的意义所在。

这首《酌酒与裴迪》是王维与好友裴迪谈经论道时所悟而作的一首诗，此时的王维已经整饬好了他的"辋川别业（别墅）"，并有了退隐山林的想法，可是并没有得到准许，于是过起了半官、半儒、半隐的生活。处于这种情况下的王维，内心是迷茫的。而顿悟后的王维，已经有身老辋川之意，虽然还没有完全隐退，但是其实他已经厌倦了名利，淡泊了官场，只想做一个真正的闲云野鹤。

水韵联趣

王维无愧于诗佛,这两诗意境空灵,蕴含了诗人对人生、对官场、对天地、对万物的思考,看得敞亮,看得通透。尤其是《酌酒与裴迪》,千百年来一直在警示着世人:

世事不过是过眼浮云,与其为红尘世俗的名利去纷争不休,倒不如摒弃邪念妄想,从容淡定,看透人生,徜徉于山水之间,参透红尘万物。

也正是王维对人生、对万物看得通透,看得敞亮,所以在仕途上他敢于激流勇退,并最终得以全身而退,归隐山林,最终成就其"诗佛"的地位。所以和很多诗人相比,和很多陷于官场名利的名人相比,王维的激流勇退,何尝不是一种大智慧。

浪花有意千重雪,
桃李无言一队春。

此联出自南唐后主李煜《渔父·浪花有意千重雪》中的"浪花有意千重雪,桃李无言一队春。一壶酒,一竿身,快活如侬有几人?"

李煜(937年8月15日至978年8月13日),南唐末代君主,虽无治国理政之宏才,然精书法、工绘画、通音律、尤善词。李煜的词在晚唐五代词中别树一帜,对后世词坛影响深远。"浪花如雪千重,桃李争春一队。"非雪千重而实浪千重,言春江浪涌。非春一队而实花一队,言春意盎然。一壶酒在手,闲整钓鱼竿。而是否能钓到鱼,已经不重要了,重要的是这种闲散悠然的心情。

全词看似闲散悠然,表达了作者对这种自由隐逸生活的向往和满足。然而,这其实是一种极其强烈的反衬。作为一代君王,那种面对"帘外雨潺潺""雕栏玉砌朱颜改""流水落花春去也"的无奈,只能感慨"独自莫凭栏""别时容易见时难""天上人间",隐藏在帝王内心深处那种国破家亡,"梦里不知身是客,一晌贪欢""恰似一江春水"的凄婉哀愁,震古烁今,谁人能懂?谁人能怜?谁人能解?

其代表作、也是绝命词的《虞美人·春花秋月何时了》中的"问君能有几多愁?恰似一江春水向东流。"最是著名,千古流传,其中的"愁"绝非"凄凄惨惨戚戚……"可同日而语,进入语尽意不尽的境界,使词像帝王显得阔大雄伟。称之为婉约派"词宗"当不为过。

第一篇　对联中的智慧

疏影横斜水清浅，
暗香浮动月黄昏。

这是一副咏梅名联。出自北宋著名"隐逸诗人"林逋（字君复，967—1028年）的七言律诗《山园小梅》"众芳摇落独暄妍，占尽风情向小园。疏影横斜水清浅，暗香浮动月黄昏。霜禽欲下先偷眼，粉蝶如知合断魂。幸有微吟可相狎，不须檀板共金樽"中的颔联。

首联以梅不畏严寒，笑立风中起句，"众"与"独"字对出，言天地间只有此花，这是何等的峻洁清高。"向小园"这又是一种何等宁静的美丽。

颔联是最为世人称道的，它为人们送上了一幅优美的山园小梅图。上句轻笔勾勒出梅之骨，"疏影"更是将梅花的轻盈之态写得让人禁不住想到《洛神赋》中的"翩若惊鸿"，"横斜"传其妩媚，迎风而歌；"水清浅"显其澄澈，灵动温润。作者此处连用"疏、横、斜"，把其妩媚之态描绘得淋漓尽致。下句浓墨描摹出梅之韵，"暗香"写其无形而香，随风而至，如同捉迷藏一样富有情趣；"浮动"言其款款而来，飘然而逝，颇有仙风道骨；"月黄昏"采其美妙背景，从时间上把人们带到一个"月上柳梢头，人约黄昏后"的动人时刻，从空间上把人们引进一个"落霞与孤鹜齐飞，秋水共长天一色。"似的迷人意境。首联写实，极目骋怀，颔联写虚，凝眉结思。

颈联以物观物，"霜禽"指白鹤，"偷眼"写其迫不及待之情，因为梅之色、梅之香充满了诱惑之美；"粉蝶"与"霜禽"构成对比，虽都是会飞的生物，但一大一小，一禽一虫，一合时宜一不合时宜，画面富于变化，"断魂"略显夸张，用语极重，将梅之色、香、味推崇到"极致的美"。

尾联"微吟"实讲"口中梅"也，"微"言其淡泊雅致，如此咀嚼，虽不果腹，然可暖心、洁品、动情、铸魂，表达出诗人愿与梅化而为一的生活旨趣和精神追求，至此诗人对梅的观赏进入了冯友兰所说的"天地境界"，人们看到的则是和"霜禽""粉蝶"一样迫不及待和如痴如醉的诗人，一个梅化的诗人。

在此诗中，诗人将梅花写得超凡脱俗、俏丽可人，写照传神，言近旨远，提升了梅的品格，丰实了作品的境界，读来口齿噙香，令人赞叹，而这句诗成功地描绘出梅花清幽香逸的风姿，更被誉为千古咏梅绝唱。苏轼曾在《书林逋诗后》说："先生可是绝伦人，神清骨冷无尘俗。"《四库全书总目》中的"其诗

澄澹高逸，如其为人"可知其言不谬，该诗之神韵正是诗人幽独清高、自甘淡泊的人格写照。

说到林逋，就不得不提到最为人知的典故"梅妻鹤子"——以梅为妻，以鹤为子，比喻清高或隐居。该典故出自沈括《梦溪笔谈卷十·人事二》。林逋，字君复，后人称为和靖（宋仁宗赐谥）先生、林和靖，杭州钱塘人。林逋自幼失去双亲，家境贫寒，但刻苦好学，通晓经史百家，尤善诗文，可孤高自好，生性恬淡，对功名利禄不屑一顾，厌恶阿谀奉承、追逐名利之风。于是便在杭州西湖边的一座山中隐居起来，过着清闲自在的日子。林逋擅长诗文，他作诗的时候，不用多加思索，大笔一挥就写好了，可是奇怪的是每次刚一写好，他读完后便立即撕掉。有人问他："为什么不抄下来留给后人呢？"林逋说道："我现在隐居在山中，尚且都不想以诗出名，哪里还想过名扬后世呢？"林逋生性古怪，清高自适，无妻无子，却独爱梅花和仙鹤。闲暇的时候，他便一个人在院子里赏梅玩鹤。有只仙鹤叫"鸣皋"，每次客人来访的时候，如果林逋不在，童子便打开笼子，"鸣皋"便会跑去给林逋报信，林逋看见"鸣皋"便回来会见客人。林逋"梅妻鹤子"由此传为千古佳话。

近水楼台先得月，
向阳花木易为春。

此联出自北宋诗人苏麟（969—约1052年）的一首诗，流传甚广，尤其是第一句更是家喻户晓。在流传中"易为春"也常常写作"早逢春"。说的是靠近水边的楼台因为没有树木的遮挡，能先看到月亮的投影；而迎着阳光的花木，光照自然好得多，所以发芽就早，最容易形成春天的景象。比喻由于接近某些人或事物而抢先得到某种利益或便利。

这个典故出自南宋俞文豹的《清夜录》。范仲淹是北宋时期的政治家、文学家。他在杭州做知州（行政长官）时，把他的一些部下都推荐当上了官。有一个叫苏麟的人当时正受命在外巡检，没有被范仲淹注意到。苏麟就写了一首诗献给他。诗中有两句正是"近水楼台先得月，向阳花木易为春。"表面上是写自然现象，实际寓意是在您身边的人都先得到了提拔的机会，而我没有得到重用。范仲淹理解他的心情，觉得他才能也不错，于是便为他写了一封推举信，后来苏麟也得到提升。

现通常用此典故讽刺由于地位或关系亲近而优先得到便利或利益的人。频用成语"近水楼台"即来源于此。这首诗的全诗是什么现在没有人知道，也无从考起。但这两句却成了千古名句。

横槊中流，不识变幻风云，英雄扼腕曹公恨；
泛舟赤壁，能悟盈虚水月，迁客折腰苏子文。

这是关于"赤壁"的一副名联，典出苏轼《赤壁赋》等。苏轼（1037年1月8日至1101年8月24日），字子瞻，一字和仲，号铁冠道人、东坡居士，世称苏东坡、苏仙。今四川省眉山人，北宋文学家、书法家、美食家、画家，历史治水名人。北宋中期文坛领袖，在诗、词、散文、书、画等方面取得很高成就。诗与黄庭坚并称"苏黄"，词与同是豪放派代表的辛弃疾并称"苏辛"；散文与欧阳修并称"欧苏"，为"唐宋八大家"之一；书法为"宋四家"之一，擅文人画。因"乌台诗案"被贬黄州，期间写下了《赤壁赋》《后赤壁赋》和《念奴娇·赤壁怀古》等不朽名作。八大家中苏家父子兄弟有三人，人称"三苏"，分别为苏洵、苏轼、苏辙，又有"一门三学士"之誉。

《赤壁赋》是苏轼于宋神宗元丰五年（1082年）贬谪黄州时所作的赋，此赋记叙了作者与朋友们月夜泛舟游赤壁的所见所感，以作者的主观感受为线索，通过主客问答的形式，反映了作者由月夜泛舟的舒畅，到怀古伤今的悲咽，再到精神解脱的达观，全赋在布局与结构安排中映现了其独特的艺术构思，情韵深致、立意透辟、在中国文学史上有着很高的文学地位，并对之后的赋、散文、诗产生了重大影响。

上句"横槊中流"意指曹操，化自《赤壁赋》"破荆州，下江陵，顺流而东也，舳舻千里，旌旗蔽空，酾酒临江，横槊赋诗，固一世之雄也。""不识变幻风云"指曹孟德在赤壁之战中，不知十月会有东南风而致使数十万大军溃于一炬，致使"孟德之困于周郎"，其优势也随之灰飞烟灭。这不得不让天下"英雄扼腕"叹息，更让曹公悲恨，赤壁之败，一生之耻啊！

下句"泛舟赤壁"化自《赤壁赋》"壬戌之秋，七月既望，苏子与客泛舟游于赤壁之下。""能悟盈虚水月"化自《赤壁赋》苏子曰："客亦知夫水与月乎？逝者如斯，而未尝往也；盈虚者如彼，而卒莫消长也。盖将自其变者而观之，则天地曾不能以一瞬；自其不变者而观之，则物与我皆无尽也，而又何羡乎！

且夫天地之间，物各有主，苟非吾之所有，虽一毫而莫取。惟江上之清风，与山间之明月，耳得之而为声，目遇之而成色，取之无禁，用之不竭，是造物者之无尽藏也，而吾与子之所共适。"窃以为，这一句"能悟盈虚水月"可谓本联的诗眼，同时也是苏轼《赤壁赋》之魂。

正如苏轼所说："你可也知道这水与月？不断流逝的就像这江水，其实并没有真正逝去；时圆时缺的就像这月，但是最终并没有增加或减少。可见，从事物易变的一面看来，天地间没有一瞬间不发生变化；而从事物不变的一面看来，万物与自己的生命同样无穷无尽，又有什么可羡慕的呢！何况天地之间，凡物各有自己的归属，若不是自己应该拥有的，即令一分一毫也不能求取。只有江上的清风，以及山间的明月，送到耳边便听到声音，进入眼帘便绘出形色，取得这些不会有人禁止，享用这些也不会有竭尽的时候。这是造物者恩赐的没有穷尽的大宝藏，你我尽可以一起享用。"这就是苏轼历经沧桑之所"悟"。其所"悟"恰如庄子所言"达生之情者，不务生之所无以为；达命之情者，不务命之所无奈何。"

怪不得天下的文人骚客要为苏轼的《赤壁赋》"折腰"了。

思绪至此，想起东坡居士在临终之时写给小儿子苏过的一道偈子《观潮》："庐山烟雨浙江潮，未至千般恨不消。到得还来别无事，庐山烟雨浙江潮。"当多读，多悟。

桃李春风一杯酒，
江湖夜雨十年灯。

此联是黄庭坚的千古名句，出自他写给少时好友黄几复的诗《寄黄几复》：

我居北海君南海，寄雁传书谢不能。
桃李春风一杯酒，江湖夜雨十年灯。
持家但有四立壁，治病不蕲三折肱。
想见读书头已白，隔溪猿哭瘴溪藤。

黄庭坚（1045—1105年），字鲁直，自号山谷道人，晚号涪翁，又称黄豫章，以谪仙自称。洪州分宁（今江西省修水县）人，北宋著名诗人、词人、书法家。黄庭坚与黄几复交情匪浅，更是为他写下不少诗篇。写这首诗时，诗人在德州德平镇（现属山东省），黄几复在广州四会当县令，二人相距千里，十年未见，黄庭坚便写下此诗以慰对挚友的思念。

诗中以第二联"桃李春风一杯酒，江湖夜雨十年灯"最为出名，在当时就享有盛名。这一句诗中没有一个动词，全是名词或者词组，却把二人十年前相聚时的欢乐与别后十年的漂泊写得淋漓尽致，对比强烈，营造出一种清新隽永的意境，表达出诗人对友人深深的想念之情。

其实要用七个字写出两人离别和别后思念之殷，并非易事。诗人却选了"江湖""夜雨""十年灯"，作了动人的抒写。"江湖"一词使人想到流转和飘泊，杜甫《梦李白》云："江湖多风波，舟楫恐失坠。""夜雨"能引起怀人之情，李商隐《夜雨寄北》中"君问归期未有期，巴山夜雨涨秋池。""江湖"而听"夜雨"，就更增加萧索之感。"夜雨"之时，需要点灯，所以接着选了"灯"字。"灯"，这是一个常用词，而"十年灯"，则是作者的首创，用以和"江湖夜雨"相连缀，就能激发读者的一连串想象：两个朋友，各自飘泊江湖，每逢夜雨，独对孤灯，互相思念，深宵不寐。而这般情景，已延续了十年。

十年过去，作者还是难忘当年的"桃李春风一杯酒"。十年前的春天，京城的桃花和李花开得最灿烂的时候，诗人与黄几复把酒言欢，高谈阔论，互诉心中抱负。"桃李"是春日最常见的色彩，"春风"是春天最容易感受到的温柔，这两个词在诗词中被多次使用。也正因如此，诗人把这两个词放在一起，瞬间就把阳春烟景描绘在读者面前。如此良辰美景，二人推杯换盏，自是欢乐无限。

关于相会，黄庭坚只字未提"会""聚"等字眼，只说"一杯酒"，就暗示了当年两人相会，开怀畅饮，谈天说地的情形，真真是欢乐至极。

纵观宋代以前的诗词，对"一杯（樽）酒"的描写十分常见。南朝梁开国功臣、政治家、文学家、史学家、南朝文坛领袖沈约在《别范安成》写道："勿言一樽酒，明日难重持。"；王维的《送元二使安西》又说："劝君更尽一杯酒，西出阳关无故人。"；杜甫在春天想起李白，不禁感叹："何时一樽酒，重与细论文？"故友相见，无论谈心、论文还是听琴、赏景，酒总是必不可少的。尤其是对于文人，酒简直就是聚会和赠别的标配。

这两句还能让人感受到诗人那藏而不露的对比手法。相聚时有多么欢乐快意，别离后就有多么落寞煎熬。"桃李春风"，好友对酌，诗人太怀念那次聚会了，觉得太短暂了，好像他们只喝了"一杯酒"。然而，"江湖夜雨"的漂泊持续了十年，别后的漂泊如此漫长。两句诗形成强烈对比，欢乐对凄苦、快意对失落、短聚对久别、往日的交情对当下的想念。在对比中将思念之情加强，进一步表现出二人之间的深情厚谊，令人回味无穷。也难怪北宋时期文学家、苏门四学士之一的张耒称此句为"奇语"。

友情与爱情一样，经得起岁月与生活考验的方为真情。若遇真情，定要好好珍惜。"人生得一知己足矣，斯世当以同怀视之。"

小楼一夜听春雨，
深巷明朝卖杏花。

此联出自宋代"四大诗人"之一陆游的《临安春雨初霁》："世味年来薄似纱，谁令骑马客京华。小楼一夜听春雨，深巷明朝卖杏花。矮纸斜行闲作草，晴窗细乳戏分茶。素衣莫起风尘叹，犹及清明可到家。"陆游（1125—1210年），字务观，号放翁，越州山阴（今浙江省绍兴市）人。南宋时期文学家、史学家、爱国诗人。

如果掩去作者的名字，读这首《临安春雨初霁》，似乎很难与"铁马金戈""气吞残虏"的陆放翁相联系。诗中虽然有杏花般的春色，却更隐含着"世味薄似纱"的感伤之情和"闲作草""戏分茶"的无聊之绪。这与高唱着"为国戍轮台"而"一身报国"的陆游的雄奇悲壮的风格特征很不一致。

陆游一生仕途不顺，晚年更是远离政界，但对于政治舞台上的倾轧变幻，对于世态炎凉，他反而体会得更深刻。

此联点出"诗眼"，为千古名句，对后人写"春雨"影响颇深。诗人只身住在小楼上，彻夜听着春雨的淅沥。次日清晨，深幽的小巷中传来了叫卖杏花的声音，告诉人们春已深了，绵绵的春雨，由诗人的听觉中而写出；而淡荡的春光，则在卖花声里透出。写得形象而有深致。传说这两句诗后来传入宫中，深为宋孝宗赵昚（shèn）所称赏，可见一时传诵之广。"小楼一夜听春雨"，正是说绵绵春雨如愁人的思绪。"一夜"两字暗示诗人一夜未曾入睡，国事家愁，伴着这雨声而涌上了心头。李商隐的"秋阴不散霜飞晚，留得枯荷听雨声"，是以枯荷听雨暗寓怀友之相思，陆游这里写得更为含蓄深蕴，他虽然用了比较明快的字眼，但用意还是要表达自己的郁闷与惆怅，而且正是用明媚的春光作为背景，才与自己的落寞情怀构成了鲜明的对照。

第一篇　对联中的智慧

在陆游的众多著名诗篇中，有壮怀激烈的爱国忧民之作，如《关山月》《秋夜将晓出篱门迎凉有感》；也有寄梦抒怀、悲愤凄切之作，如《十一月四日风雨大作》中疾风暴雨般的"铁马冰河入梦来"，都是雄壮的大气磅礴之作。而《临安春雨初霁》没有豪唱，也没有悲鸣，没有愤愤之诗，也没有盈盈酸泪，有的只是结肠难解的郁闷和淡淡然的一声轻叹："别是一番滋味在心头"。这种悲叹也许在别人身上是无可疑问的，而对于"僵卧孤村不自哀，尚思为国戍轮台"的陆游来说，却显得不尽合乎情理。

严酷的现实，使他不得不对朝廷对皇帝、对人生对社会作出一些阴暗的结论。与他的许多寄梦诗不一样，在深夜，万籁俱寂时，作者眼前没有现实生活的情景搅扰，可以对着旷远的星空和雨夜任意地幻想，说任何放言达词。而身在繁荣帝都，作者却身不由己。临安城虽然春色明媚，但官僚们偏安一隅，忘报国仇，粉饰太平。作者则是时刻清醒的，他在表面的升平气象和繁荣面貌中看到了世人的麻木、朝廷的昏聩，想到了自己未酬的壮志，只好借春色说愁绪，把春天写成了无情之物。

《临安春雨初霁》反映了作者内心世界的另一面。一个诗人的性格是复杂的，一个始终刚强不屈、矢志不渝的志士，也难免惆怅抑郁。这种抑郁惆怅与其雄奇悲壮并不矛盾，唯其抑郁惆怅得苦不堪言，才有更强烈的情怀喷发。诗中一开头就道"世味薄似纱"，正是作者对现实的否定，也体现出作者的刚直气节。诗末拂袖而去，也是诗人对浮华帝都的不屑。因此，透过原诗的表面，依稀仍可看见一个威武不屈的形象，这个形象才是真正的自己。

泉声到池尽，
山色上楼多。

这是清代举人孙为焕题潍坊十笏四照园之联。泉声、池、山色、楼，这四个字是全联意象的立足点，全联意象空间的动静、起收变化是通过意象的细微变化实现的。泉声潺潺，至池而尽；山色苍苍，一层更多。联中正是抓住泉声归融于池，山色展目于外的起落变化，从有到无，由少变多来刻画环境的动静交替。此联的动静效果并不是非常强烈，但是却非常微妙，它的互动关系很好地体现了对联意象空间的对立与统一，在此意象空间的动静起收的微妙变化中所领悟到的意境更有一种若隐若现的人生哲理、生活智慧，值得细细品读。

穷达尽为身外事，
升沉不改故人情。

此联为萨镇冰所题。萨镇冰（1859年3月30日至1952年4月10日），是一位跨越晚清、中华民国与中华人民共和国三个历史时期的爱国将领。此赠联语言平实，见性见情。"穷达"与"升沉"自对工整，仅仅四个字，似乎可见一生的荣辱悲欢。能够将荣辱置之度外，将友情长系心间，真丈夫也。

从此联可以看出，萨镇冰将军颇有范仲淹的风范和情怀，联意与范公"不以物喜，不以己悲"有异曲同工之妙。

雪逞风威，白占田园能几日；
云随雨势，黑漫天地不多时。

此联是历代流传的"比喻对"。兴化城隍庙就有此联，只是"随"为"乘"，"不"为"没"（有的作"无"，于上联平平相对，稍欠），意无差别。意思相同的下联还有"霾依雾势，灰蒙天地只刹时。"此联还有许多对句，如"狗仗人势，虚张声势无多时。"等等。窃以为这些下联要么表意过于直白，要么过于牵强，要么内容毫无关联，要么对仗不甚工整。前面的两个下联中，"云、雨"和"霾、雾"对上联的"雪、风"甚工，皆为天象，气象学术语，且均为"雨"字头（云的繁体为"雲"），妙极。上、下联寓意相同。

此联的最大特点是"呼应"。出句中说"田园"因为有"雪"才"白"。下联说"天地"因为有"云"而"黑"，有"雾"而"灰"，但纵然是"黑云、狂风、暴雨、暴雪、阴霾、迷雾"又能如何？坚信不会长久，终将消散，云开日出。

人生正是如此。无论你从事任何一种职业，无论你处在任何一个位置，如

第一篇　对联中的智慧

果你正处在人生的低谷，请以此对联为师。人这一辈子，不管活成什么样子，都不要把责任推给别人，一切喜怒哀乐都是自己造成的。生命是一种回声，"赠人玫瑰，手有余香"，帮助别人越多，得到的也越多。多点淡然，少点虚荣，活得真实才能自在。人生逆境时，切记忍耐；人生顺境时，切记收敛；人生得意时，切记看淡；人生失意时，切记随缘。心情不好时，当需涵养；心情愉悦时，当需沉潜。静，是一种休息，更是一种修行。所有的烦恼，都来自于喧嚣，所有的伤痛，都来自于躁动。就算跌入谷底，也不要把自己等同于谷底之污泥，而是"不畏浮云遮望眼"，不坠青云之志，始终坚信："终将一日云消散！"

莫言路遥余秋雨，
可染悲鸿林风眠。

此联作者不详，但对仗工整，意境深远，确实精彩。上联含有三个人名，分别是莫言、路遥和余秋雨，而且这三位都是知名度很高的大作家。上联的巧妙之处是把这三位作家的名字串联在一起，组成了一个意境，意思是不要去说（别怕）路途遥远，会遇到绵绵的秋雨。其中的"余"谐音"遇"，一语双关。

看到上联的意境，不由得联想到苏轼的《定风波》。他在词的前缀中注明"三月七日沙湖道中遇雨。雨具先去，同行皆狼狈，余独不觉。已而遂晴，故作此词。"词中有句"竹杖芒鞋轻胜马，谁怕？一蓑烟雨任平生。""路遥遇（余秋）雨"神似化用苏轼词注的"道中遇雨"。此上联之意境和苏轼词中"谁怕？""一蓑烟雨任平生"有着异曲同工之妙。

下联中亦有三个人物："可染"就是李可染，是中国近代杰出的画家，代表作《漓江胜境图》等；"悲鸿"指的是中国近代著名画家徐悲鸿，代表作《八骏图》等；最后一位是林风眠，曾经是中国美术学院的首任院长，绘画作品有《江畔》《仕女》和《春晴》等。下联意境也很深远。上联的"莫言"和下联的"可染"相对，"路遥"对应"悲鸿"（"鸿"本意为雁，亦指"大"。此联中"鸿"意为"大"，与"遥"恰对。徐悲鸿的一生告诉人们，不管命运多么"悲鸿"，发愤则有可能逆转），最后一个"林"字也是一语双关，可以随音解为"临"字。上联是三位作家，下联对三位画家，对仗严谨。名人相对，语义双关，意境深远，确为妙对。

细细品读此联，似乎觉得下联比上联在意境上更胜一筹，如此佳对，堪称经典，余味悠长。

水韵联趣

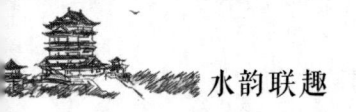

整个下联连起来读,有一种暴雨倾盆却泰然自若,心静如水的感觉。无论面对什么样的困难、逆境、磨难,"染"上多"大"的"悲"情苦难,纵然遍体鳞伤,九死一生,依然怡然自得,不慌不忙,心如止水,无畏从容,空腹而歌,临风而眠。人生若能如此,则是"无我",已达"空"之最高境界。

泪酸血咸,悔不该手辣口甜,只道世间无苦海;
金黄银白,但见了眼红心黑,哪知头上有青天。

这是某地城隍庙的一副对联。五色"黄白红黑青"对五味"酸咸辣甜苦","天""海"相对,极工。此联对那些口甜手辣、作恶多端的伪君子作了无情的鞭挞。历朝历代,官员都被要求"清廉",百姓都赞"青天"。此联颇有警示、教化意义。

海水朝朝朝朝朝朝朝落;
浮云长长长长长长长消。

这是孟姜女庙上的一副对联,被誉为"天下第一奇联"。孟姜女庙,坐落于河北省山海关以东六公里外的凤凰山上,由贞女祠和孟姜女苑组成。贞女祠始建于宋代以前,明代万历年间二十二年(1594年)主事张栋重修。

此联的趣味之处在于,可以有多种读法。为方便解读,以下按意将读"朝(zhāo)"时写作"朝",而读"朝(cháo)"时写作"潮";将读"长(zhǎng)"时写作"长"(同"涨"),而读"长(cháng)"时写作"常"。解读时以逗号断开。方舟在《一副对联,十种读法》中列举了十种读法。此联一般读作:

海水潮,朝朝潮,朝潮朝落;
浮云长,常常长,常长常消。

还有以下九种读法:

海水潮,朝潮朝潮,朝朝落;
浮云长,常长常长,常常消。

第一篇 对联中的智慧

海水，朝朝潮，朝潮，朝朝落；
浮云，常常长，常长，常常消。

海水潮，朝朝潮，朝朝潮落；
浮云长，常常长，常常长消。

海水潮，朝潮，朝朝潮，朝落；
浮云长，常长，常常长，常消。

海水潮，潮！潮！潮！朝潮朝落；
浮云长，长！长！长！常长常消。

海水朝潮，朝朝潮，朝朝落；
浮云常长，常常长，常常消。

海水朝潮，朝潮，朝朝潮落；
浮云常长，常长，常常长消。

海水朝潮，潮！潮！潮！朝朝落；
浮云常长，长！长！长！常常消。

海水朝朝潮，朝潮朝朝落；
浮云常常长，常长常常消。

受此启发，笔者觉得，此联还可以读作：

海水，朝潮，朝朝潮，朝朝落；
浮云，常长，常常长，常常消。

海水，朝朝朝潮，朝朝潮落；
浮云，常常常长，常常长消。

29

水韵联趣

海水，潮！朝潮，朝潮朝朝落；
浮云，长！常长，常长常常消。

海水，潮！潮！朝潮，朝潮朝落；
浮云，长！长！常长，常长常消。

海水，潮！潮！朝潮，朝朝潮落；
浮云，长！长！常长，常常长消。

海水，潮！朝潮，朝潮朝朝落；
浮云，长！常长，常长常常消。

海水，潮！朝潮，朝朝朝潮落；
浮云，长！常长，常常常长消。

海水，潮！朝潮！朝潮！朝朝落；
浮云，长！常长！常长！常常消。

海水，潮！朝潮！朝潮！朝朝落；
浮云，长！常长！常长！常长消。
……

此联表面看虽是文字游戏，却包含着深刻的人生哲理，让后人产生无限遐想，从中可见中国文化的深厚底蕴和内涵。海水有潮涨潮落，人生又何尝不是。有感于此，笔者写下几句：

春花秋月又一冬，
潮涨潮落几时终？
是非成败水里月，
功名利禄烟雨中。

第二篇 对联中的座右铭

　　座右铭本指古人写出来放在座位右边的格言，后泛指对人们进行激励、警戒，可以作为人们行为规范、行动指南的言简意赅的语句，可分为人生格言、哲学格言、行事格言、励志格言和自由格言，是人们机智的精华、众人汇成的睿智、指导人生的法宝。以下所撷取的水联，大致按照劝学、品格、淡泊、生活展开，基本都是发人深省的格言，多读、多思、多悟、多行，将受益终生。

书山有路勤为径,
学海无涯苦作舟。

此联出自韩愈的《古今贤文·劝学篇》。韩愈（768—824年），字退之，河南河阳（今河南省孟州市）人，唐代文学家、思想家、哲学家、政治家、教育家，有"唐宋八大家之首"之称。这是一千多年来流传甚广、家喻户晓，被每一个学子视为座右铭的勤奋励志对联。

此联通俗易懂。意思是如果你想要成功到达高耸入云的知识山峰的山顶，勤奋就是那登顶的唯一路径；如果你想在无边无际的知识海洋里畅游，耐心、尽力、刻苦的学习态度将是一艘前行的船，能够载你驶向成功的彼岸。在读书、学习的道路上，没有捷径可走，也没有顺风船可驶，如果你想要在广博的书山、学海中汲取更多更广的知识，勤奋和刻苦是两个必不可少的，也是最佳的条件，表明了学习的关键点是勤奋。

提到劝学，还有一副千古流传的名联：

学如逆水行舟，不进则退；
心似平原走马，易纵难收。

此劝学联作者不详。"学如逆水行舟，不进则退"出自清代梁启超《莅山西票商欢迎会学说词》中的"夫旧而能守，斯亦已矣！然鄙人以为人之处于世也，如逆水行舟，不进则退。"而"不进则退"则出自相传为春秋时代名家的邓析所作《邓析子·无厚篇》中的"不进则退，不喜则忧，不得则亡，此世人之常。"

学习就像在逆水中撑船，不坚持让它前进的话，肯定会随着水流后退；心性像马儿进了平川，不有意去约束的话，一旦放纵它跑开，便很难再找回它来。

第二篇　对联中的座右铭

联语巧用"逆水行舟"和"平原走马"来比喻自励自警，督促自己专心学习，敢于攻坚克难。

类似的劝学名联还有：

黑发不知勤学早，
白首方悔读书迟。

此劝学联十分著名，出自唐代颜真卿（709—784年，字清臣，唐朝名臣，著名书法家）《劝学诗》"三更灯火五更鸡，正是男儿读书时。黑发不知勤学早，白首方悔读书迟。"联中谆谆之劝意，与南宋著名将领岳飞《满江红》中的"莫等闲、白了少年头，空悲切"有异曲同工之处。

风声雨声读书声声声入耳；
家事国事天下事事事关心。

这是明代顾宪成题无锡"东林书院"之联，也是他的座右铭。顾宪成（1550—1612年），字叔时，号泾阳，世称泾阳先生或东林先生。南直隶无锡（今属江苏省）人。明朝后期官员、思想家。他在无锡创办东林书院，讲学之余，往往评议朝政。后来人们用以提倡"读书不忘救国"，至今仍有积极意义。上联将读书声和风雨声融为一体，既有诗意，又有深意。下联有齐家治国平天下的雄心壮志。风对雨，家对国，耳对心，极其工整，特别是连用叠字，如闻书声琅琅。

此联表现的是读书人既认真读书，又关心国家大事的胸怀，和"两耳不闻窗外事，一心只读圣贤书"的思想恰恰是一个反对。清朝初年著名儒者顾炎武，主张"天下兴亡，匹夫有责"（此名句语意本于顾炎武，而八字成文的语型则出自梁启超），可以说是此联思想的继承和发扬。

一副经典对联，让人不得不感叹于它的大气与魄力。常常看到有识之士把这副对联当作自己的座右铭来勉励自己刻苦学习，报效祖国，如果作者可以看到今天人们依然这样认同他的思想，一定会含笑九泉了。现在这副对联就悬挂在东林书院内。

水韵联趣

海纳百川，有容乃大；
壁立千仞，无欲则刚。

这是林则徐的一副自题联，是他人格的真实写照。林则徐（1785年8月30日至1850年11月22日），字元抚，又字少穆、石麟，晚号俟村老人、俟村退叟、七十二峰退叟、瓶泉居士、栎社散人等。福建侯官县人，中国清代后期政治家、文学家、思想家，民族英雄。历官翰林编修、江苏按察使、东河总督、江苏巡抚、湖广总督、陕甘总督、陕西巡抚、云贵总督、太子太保等职。清道光十九年（1839年），以钦差大臣赴广东禁烟，将没收鸦片于虎门销毁。

林则徐任两广总督，查禁鸦片时期，曾在自己的府衙写了一副对联："海纳百川，有容乃大；壁立千仞，无欲则刚。"这副对联形象生动，寓意深刻。上联谆谆告诫自己，要广泛听取各种不同意见，才能把事情办好，立于不败之地；下联砥砺自己，当官必须坚决杜绝私欲，才能像大山那样刚正不阿，挺立世间。林则徐提倡的这种精神，令人钦敬，为后人之鉴。

说起林则徐的对联，我们就不得不提起至今仍被人们称颂的下面这副对联：

苟利国家生死以，
岂因祸福避趋之。

这副自题联，是林则徐遭诬陷被朝廷流放新疆伊犁的途中所作的七律《赴戍登程口占示家人》诗中的颔联，至今仍被人们传颂。他被流放到新疆后，继承和发展了古老的水利工程"坎儿井"（古称"井渠"），为当地人民做了许多实事儿，享有崇高声誉。坎儿井工程是世界上最大的地下水灌溉系统工程，因为它的巧妙设计和宏大规模，被称为中国的"地下长城"。坎儿井与万里长城、京杭大运河并称为中国古代三大工程。在林则徐的影响下，1845—1877年，吐鲁番、鄯善、托克逊新挖坎儿井300多道。鄯善七克台乡现有60多道坎儿井，

插图 林梨

据考证多数是林则徐来吐鲁番后新开挖的。为了纪念林则徐推广坎儿井的功劳，当地群众把坎儿井称之为"林公井""林公渠"，以表达自己对林则徐的崇敬仰慕之情。

全诗为："力微任重久神疲，再竭衰庸定不支。苟利国家生死以，岂因祸福避趋之。谪居正是君恩厚，养拙刚于戍卒宜。戏与山妻谈故事，试吟断送老头皮。"道光皇帝听信谗言，迫于压力，罢了"禁烟英雄"林则徐的官，并流放于新疆。在受到极大的打击下，林则徐没有奉行"穷则独善其身，达则兼济天下"的古训，而是"自念祸及生死，早已置之度外"。在流放途中，他没有悲观和绝望，仍与妻子戏谈、吟咏。舒展"苟利国家生死以，岂因祸福避趋之"的忠怀。上联说只要对国家有利，个人的生死自不计较；下联说，哪能因祸就回避，是福就趋向。联语直抒胸臆，悲壮感慨，表现林则徐一颗赤忱的爱国之心和把个人的生死、祸福都置之度外的高尚情操。

观大海者难为水，
悟自心时不见山。

这是林则徐为韩世忠所撰写的一副对联。韩世忠为南宋名将，为官正派，不附权贵，因愤于朝廷腐败、屈膝求和，忧郁而死。一次，林则徐在南下的途中，来到了灵岩山韩世忠墓，感慨于韩世忠的丰功伟绩，故题下此联。

上联典出《孟子·尽心上》："孔子登东山而小鲁，登泰山而小天下。故观于海者难为水，游于圣人之门者难为言。"后两句说，见过大海的人就难以被别的水吸引了，在圣人门下学习过的人就不会被别的言论吸引了。形容见的世面大，眼界高。元稹的《离思五首·其四》中有"曾经沧海难为水，除却巫山不是云"的千古名句，明显也化自《孟子》。此句充分表达了林则徐对韩世忠"高大形象"的无比敬仰之情。

下联化用了佛教修禅的三种境界。出自唐代禅宗大师青原惟信禅师的一段著名语录：见山是山，见水是水——见山不是山，见水不是水——见山还是山，见水还是水。第一阶段看的是形，第二阶段看的是本质，第三阶段看的是形和本质的结合体。所要表达的是一种博大宽广的胸怀，以及对于为人的体悟，人不应受外界事物的影响，要保持内心的坚定。生命的最高境界，在于真正了解自己。作者遥想当年韩世忠其人其事，再看今日之国家现状和自己的际遇，感

慨万千，颇有"无可奈何"之叹。但又能隐约感受到林则徐那种"苟利国家生死以，岂因祸福避趋之"的家国情怀。

进退一身关庙社，
英灵千古镇湖山。

这是林则徐所题李纲祠的一副对联。该祠原在越王山麓，由林则徐发起，移建于福建福州西湖荷亭，并制此联。李纲（1083年7月27日至1140年2月5日），字伯纪，祖籍邵武（今福建省邵武市）。他曾任南宋兵部侍郎、宰相。力阻钦宗迁都，并亲率军民击退金兵。后又主张用两河义军抗金，多次上疏攻战守备方略，均未被采纳。此联告诉人们，不论做不做官，一身行事都与国家有关。人虽死，英魂却永远镇守湖山。"进退"化自范仲淹《岳阳楼记》："居庙堂之高则忧其民，处江湖之远则忧其君。是进亦忧，退亦忧。"庙社宗庙、社稷，此处指国家朝廷。《宋史·韩世忠传》："性戆直，勇敢忠义，事关庙社，必流涕极言。"联语由史生发议论，语气伟重，思深旨远，情寓理中，表达对李纲忧国忧民的缅怀敬慕之情。

为人树起脊梁铁，
把卷撑开眼海银。

此联为谭嗣同自题联。谭嗣同（1865年3月10日至1898年9月28日），字复生，号壮飞，湖南长沙浏阳人，清代著名维新人物，"戊戌六君子"之一。"脊梁铁"即铁脊梁。将"铁"字置后有强调意味，掷地有声。"眼海银"用语奇倔，形容目光明亮而开阔。把卷悟真知，目光飞银，自然是心神激荡！后来，他在《狱中题壁》诗中有"我自横刀向天笑，去留肝胆两昆仑。"的凛然诗句。读此联能深切感受到这位民族先驱勇于开拓、不畏牺牲的革命精神。联如其人。

醴泉无源，芝草无根，人贵自立；
流水不腐，户枢不蠹，民生在勤。

这是清代嘉庆进士程祖洛的自题联。"醴泉"指甘美的泉水。"流水不腐"指流动的水不会发臭。"蠹"读 dù，指蛀虫。"户枢不蠹"意为经常转动的门轴不会被虫蛀。"民生在勤"出自《左传·宣公十二年》"民生在勤，勤则不匮"。两句不分家。"匮（guì）"读，古同"柜"（本义），引用为积水处、水渠、水库。"勤则不匮"意为只要勤劳就不会缺少物资。此联借典作喻，强调人需自立自强，莫要妄想天赐好运。民生事业也在于勤，不可懈怠。比喻形象，论述明确，可作为格言。

心中三爱：奇书骏马佳山水；
园栽四物：青松翠竹白梅兰。

这是方志敏自题于卧室的一副对联。方志敏（1899年8月21日至1935年8月6日），江西上饶市，无产阶级革命家、军事家、杰出的农民运动领袖。此联属意境联，借青松翠竹以抒怀，彰显出方志敏高洁的品格和情操。

化雨无私，忆往昔踏雪来过，曾话春风一席；
摩云有志，愿诸生凌霄直上，毋忘灯火三更。

此联题于四川彭水"摩云书院"，作者不详。这里"化雨"意即教化人，像时雨灌溉田地一样。后用"春风化雨"比喻善教。"踏雪"亦指赏雪。唐孟郊《寒溪》诗："晓饮一杯酒，踏雪过青溪。""曾话"句指曾沐浴春风，得到教益。春风，比喻教导温和可亲。"灯火三更"指三更时分仍在灯火下学习，说明下功夫学习。上联立意在"化雨无私"，下联立意在"摩云有志"，奖掖后学，勉励读书上进。正如颜真卿《劝学诗》："三更灯火五更鸡，正是男儿读书时。黑发不知勤学早，白首方悔读书迟。"一样，联语现身说法，寄希望于诸生，语重心长。

水不求深鱼自乐，
人之好吾鹿则鸣。

此联为现代著名画家吴昌硕（1844年9月12日至1927年11月29日）所题。"水不求深"化自刘禹锡《陋室铭》："山不在高，有仙则名。水不在深，有龙则灵。""鱼乐"化用《庄子》中"子非鱼安知鱼之乐"的典故，表达宁静淡泊的情怀。下联的"鹿鸣"原出于《诗经·小雅·鹿鸣》："呦呦鹿鸣，食野之苹，我有嘉宾，

鼓瑟吹笙。"人之好吾"中的"好（hào）"同出《鹿鸣》："人之好我，示我周行。"意为即便我家寒酸简陋，如果有人跟我投缘，自然会上门来做我的客人（和我做朋友）。诗以此起兴，营造了一个热烈而又和谐的氛围。引申开来，则较合曹操《短歌行》中引用此句所表达的求贤情怀，意谓有志趣相投的朋友相往来。"周公吐哺，天下归心。"曹操愿如周公一般礼贤下士，愿天下的英杰真心归顺于他。此联化用典故巧妙，语言轻快从容。

春风大雅能容物，
秋水文章不染尘。

这是清代书法家、篆刻家邓石如（1743—1805年）的自题卧室联。"春风"温和，能包容世间万物，可谓"大雅"。"秋水"清澈宁静，更显从容风度。显示出作者包容、高洁的精神风貌，境界难得，令人羡学。

飘飘然爽气西来，挹之不尽；
浩浩乎大江东去，逝者如斯。

此联是清代洋务派代表人物张之洞为西山九曲亭所题。张之洞（1837年9月2日至1909年10月4日），字孝达，号香涛，时为总督，称"帅"，故时人皆呼之为"张香帅"。十六岁中顺天府解元，二十七岁中进士第三名探花，授翰林院编修，历任教习、侍读、侍讲、内阁学士、山西巡抚、两广总督、湖广总督、两江总督、军机大臣等职，官至体仁阁大学士，文武双全。西山于鄂州市临江而立，其山一脉九曲，飞泉漱玉，气候凉爽。苏轼在《樊山级》中写道："山顶即位坛，九曲亭，皆孙氏遗址。"

"挹"读 yì，意"舀"，把液体盛出来，"挹取"同"汲取"。上联写景，登高山而觉西来无尽清爽之气；"逝者如斯"语出《论语·子罕》中的"子在川上曰：'逝者如斯夫！不舍昼夜。'"是孔子的一句名言，形容时间像流水一样不停地流逝，一去不复返，感慨人生世事变化之快，有惜时之意。下联抒怀，写俯瞰大江浩荡而东流，感叹人间世事沧桑变化。所见所感，虚实相映。"逝者"包罗万象，相对而言为实指，如东吴周郎、北宋苏轼。"爽气"虽实而虚。一西来、一东去，正如历史潮流无法阻挡。一消逝、一无尽，万物轮回、有生有灭，则见禅意了。

> 富贵贫贱，总难称意，知足即为称意；
> 山水花竹，无恒主人，得闲便是主人。

这是清代文学家张英自题于草堂之联，简单明了，发人深省。张英（1637—1708年），安徽桐城人，工部尚书兼翰林院掌院学士，礼部尚书，国史馆总裁官。康熙帝曾称赞道："张英始终敬慎，有古大臣风范。"

此联足以成为人生座右铭。

说起大学士张英，还有一个流传至今的"六尺巷"的故事。六尺巷如今还是一个著名的旅游景点。

话说清代康熙年间，张英的老家人与邻居吴家在宅基的问题上发生了争执，因两家宅地都是祖上基业，时间又久远，对于宅界谁也不肯相让。双方将官司打到县衙，又因双方都是官位显赫、名门望族，县官也不敢轻易了断。于是张家人千里传书到京城求救。张英收书后批诗一首云："千里修书只为墙，让他三尺又何妨。万里长城今犹在，不见当年秦始皇。"张家人豁然开朗，退让了三尺。吴家见状深受感动，也让出三尺，形成了一个六尺宽的巷子。"六尺巷"从此成为一面镜子，一种精神。

六尺巷还在。"六尺巷"还在吗？"六尺巷"应该在！

人与人之间，集体与集体之间，甚或国与国之间，无论过去、现在还是将来，无论家庭、国家还是世界，无论政治还是经济，无论军事还是外交，无论是强国还是弱邦，都太需要"六尺巷"了！当今世界，尤其如此！

> 梅须逊雪三分白，
> 雪却输梅一段香。

水韵联趣

摄影　英爱文

此联出自宋末诗人卢梅坡（生卒年不详）《雪梅·其一》"梅雪争春未肯降，骚人搁笔费评章。梅须逊雪三分白，雪却输梅一段香"中的尾联。

雪、梅皆为报春的使者，冬去春来的象征。古今不少诗人往往把雪、梅并写。但在诗人卢梅坡的笔下，二者却为争春发生了"磨擦"，都认为各自占尽了春色，装点了春光，而且谁也不肯相让。这种写法，实在是新颖别致，出人意料，难怪诗人无法判个高低。诗的后两句巧妙地衬托出二者的长处与不足，梅不如雪白，雪没有梅香，回答了"骚人搁笔费评章"的原因，也道出了雪、梅各执一端的根据。读完全诗，我们似乎可以看出作者写这首诗是意在言外的，有了雪的衬托，梅花显得更有神韵，梅花虽然比雪少了"三分白"，却多了"一段香"，不仅把梅的韵味写活了，也把梅的品格拔高了。借雪梅争春，告诫我们人各有所长，也各有所短，要有自知之明。取人之长，补己之短，才是正理。这首诗既有情趣，也有理趣，值得咏思。故而"梅须逊雪三分白，雪却输梅一段香"已然成为千古名句，颇为世人赞誉。

世事让三分，天空海阔；
心田留一点，子种孙耕。

此联选自清代学者金缨的《格言联璧》。上联的"世事"是指社交应和人情世故。清代独逸窝退士在《笑笑录·不晓人事》中说："李长源虽高才，然不通世事，傲岸多怒，交游多畏之。"人是社会的人，在社会生活中，离群索居，"不通世事，傲岸多怒"，就会使自己孤立起来。"天空海阔"本指天地宽阔无边，后多用来形容气象广远，没有拘束。"心田"是佛语，即心。谓心藏善恶种子，随缘滋长，如田地长五谷莨稗。南朝梁简文帝萧纲《上大法颂表》："泽雨无偏，心田受润。"上联意在说，对于世间纷争的事，若能忍让三分，自会心胸开朗，不受拘束，安静是福；下联用比喻手法，意谓心存美德，积德行善，后嗣克昌，家兴业旺。清末享年八十的郑观应曾说："常观天下之人，气之温和者寿，质之

第二篇　对联中的座右铭

慈善者寿，量之宽宏者寿。"联语平淡而深沉，蕴含深邃，启智迪人。

古人有言："海纳百川，有容乃大。""处事让一步为高，待人宽一分是福。"这些格言告诉我们，在与他人交往时，只有宽容豁达才有助于扩大交往空间，如果遇事让三分那就更加天宽地阔了。凡事让三分，看似吃亏了，其实古人说"吃亏是福"，当多思量。凡事占理就不饶人也不好，"得饶人处且饶人"。得理、得利、得势时让他三分，定会得到相同或其他、同等或更多、当时或长期的"福报"，亦或许绝处逢生，亦或许福泽子孙。所以遇事多思量，让三分吧！

类似的名联还有一副：

忍一时风平浪静，
退半步海阔天空。

此联出自《增广贤文》"忍一时风平浪静，退一步雨过天晴。"有许多版本，意思相同。"时"一作"言"，一作"声"。类似的还有一联：

事临头三思为妙，
怒上心一忍最高。

书法　英爱文

老子曰："上善若水，水善利万物而不争。处众人之所恶，故几于道。"君子忍人之所不能忍，容人之所不能容，处人之所不能处。守本心，容人短，忍嗔怒，知进退，自如行走于天地间。

当今社会，离婚率挺高。何哉？是现代人不珍惜家庭、不珍惜缘分、不珍惜生活吗？非也。至少不完全是。其实许多的夫妻矛盾，都是由细小的琐事引起，并不是什么原则性问题。好强争胜，互不相让，舍不下脸面，小小火星终成熊熊大火。夫妻如果有一方，尤其是大丈夫若能忍一时，甚或忍一言，多做自我批评，就会烟消云散，云开日出。断不会再进民政局，鸳鸯各自飞。有人说得好，家庭不是讲理的地方，而是讲情的地方。即使是有理，也不必揪着不放，得理不饶人。应该大度一点，糊涂一点。郑板桥曾说人生最难的是"难得糊涂"。在家庭关系中，最要避免"要么0，要么1"的计算机思维模式，若能先忍一言，再退半步，定能相伴百年。能做到"糊涂"是很不容易的，尤其是"聪明的糊涂"

就更难了，大智慧也。人生莫不如此。

　　工作当中，生意场上，又何尝不是如此。许多矛盾，利益纠葛，在所难免。只要设身处地，换位思考，各退半步，或让三分，定能海阔天空、柳暗花明。或相互促进，或获利双赢。强势者，无论是国家，还是集团（组织），亦或个人，尤其要摒弃仗势欺人、得寸进尺、零和博弈之思维定式。若能做到"水惟善下""忍一时""退半步"，那我们的天空一定会阳光明媚，我们的世界一定会莲花盛开。

　　行到水穷处，
　　坐看云起时。

插图　林梨

　　此联出自王维的《终南别业》"中岁颇好道，晚家南山陲。兴来每独处，胜事空自知。行到水穷处，坐看云起时。偶然值林叟，谈笑无还期。"中的颈联。

　　王维退隐后可谓过着自得其乐的闲适生活，一生追求"隐居"的他，总算是得偿所愿，再也不为世俗生活而苦苦挣扎，甚至为三斗米而折腰了。

　　这首诗可谓是把一个"隐者"的生活写得有声有色，惟妙惟肖，作为一个"佛系"的老人，王维活得潇洒任性，兴致来了独来独往地游玩天地间，有了喜事自我欣赏自我陶醉。"诗佛"的诗自带禅意，尤其"行到水穷处，坐看云起时"一句最为精彩。闭眼体会一下这个场景，独自信步漫游，走到水的尽头，坐看水生云起，变化多端。无忧无虑，悠然自得。流水也好，白云也罢，已然是达到了物我一体的境界之态，几近"无我"，把人生的那种哲思态度，通过一坐一看已然顿悟，这又显然是一幅"诗中有画"的山水之境，太精彩了！

第二篇　对联中的座右铭

这首诗极具感染力，把闲适、怡然之情写得有声有色，惟妙惟肖，情景、诗味、理趣配合得天衣无缝。好一颗与世无争之心！值得细读细品。不由得让人想起明代文学家陈继儒《幽窗小记》中所辑录的明代思想家洪应明的一副对联：

宠辱不惊，闲看庭前花开花落；
去留无意，遥望天上云卷云舒。

苏轼晚年亦是悟透人生，不与人争，不与世俗争，若要争，也是去与时间争。离开黄州时，他在《浣溪沙》写下了："人间有味是清欢。"宋代著名诗人、有"词俊"之称的朱敦儒于79岁之时绝笔在《西江月》中感悟道："世事短如春梦，人情薄似秋云。不须计较苦劳心，万事原来有命。"

其实，人不必总是抱怨世事无常，也不必去追求完美，因为"完美"就没有一个明确的定义，不完美本身就是一种美，"月有阴晴圆缺"才是完美的。最重要的是珍惜，惜缘、惜人、惜福、惜和平；最要紧的是快乐，乐家、乐业、乐友、乐平安。当然，人真正的快乐，并不在于拥有得多，多是负担，是另一种失去；少非不足，是另一种有余。知足，才能长乐、久安。

若能杯水如名淡，
应信春茶比酒香。

插图　林梨

此联为当代著名书法家启功（1912年7月26日至2005年6月30日）先生自题茶联。亦说为古名联。"香"一作"浓"，"浓""淡"相对，字面虽工，但笔者还是认为"酒香"尤佳。此联用词平常，寓意深刻。知足常乐说易行难。人生的许多烦恼，多因不知足也。细细思量，人生其实很简单，一杯茶，一碗饭，一张床，足矣，而不可缺少的，当是一种包容他人、泰然处世的态度。

水韵联趣

经历过酒的浓烈，经历过咖啡的浪漫，此刻，心里最怀念的，竟是茶的静谧。仿佛所有的尘事，都清雅淡然，如一片茶叶，轻盈地在杯子里飘浮开去，芬芳之外，世间纷扰便远隔了去。

茶，几经翻滚，见质；人，几番往来，见心。许多的事情事出必有因，百因必有果，不要将一切不顺己心、不如己意之事，怪罪于他人，凡事从自身找原因，自省者，即是自救。做人，这一生，弹指间就已禅定。好好地活一回，真实地活一次，让自己简单一点，舒心一点，快乐一点，比什么都重要。做人不要太追求完美。人生再漂亮，也会有不如意，行路再潇洒，也会有荆棘，看淡才会不累，看开才有欢喜。人活一世，一切全在于心态。只要快乐生活，充实工作，豁达面对所有的坎坷，就是一种人生的释然，更是一种智慧。

茶凉时，水静了，世事犹似，世事成幻。一声别离，不说再见，也不再回首。待风声都过了，便余茶水一样落寂，没有开始，也无从结束。水漫，茶透，只是一种过程。红尘之上，有一种情怀，淡如茶，有一种人生，澈如水。

北京万和茶楼也有一副类似的茶联：

茶亦醉人何必酒，
书能香我不须花。

生活的乐趣就在于发现细碎烟火中的美好，品尝平凡日子里的简单幸福。遇事想得简单一些，心情就不会沉重，将事想得太复杂了，就等于给心上了枷锁。人活着就是为了让自己活得洒脱，让家人放心。万事不强求，不攀比，不被物欲迷失，就会少许多不必要的忧虑。世上，没有走不通的路，只有想不通的人。想得开，想不开，最终还得想开，何不提前想开，那么憋屈干什么。放得下，放不下，最终都得放下，何不快乐地放下，那么心累做什么。

《庄子·知北游》中有一句："人生天地之间，若白驹之过隙，忽然而已。"人生苦短，"朝如青丝暮成雪"；时光匆匆，"无可奈何花落去"。人生如过客，何必千千结！过往都是云烟，及时释怀得失，快乐生存。走好人生，享受这个短暂的过程，淡看世俗纷扰，淡泊贪心嗔念，坚强坎坷颠簸，微笑面对人生。

就像唐代著名的边塞诗人岑参的晚年所悟一样，所谓的功名利禄，不过是浮云一场，年少轻狂，总觉得能改变世界，什么都要争。最终发现，人真正要

第二篇 对联中的座右铭

争的，只有时光。

其实，人生要一半去争，一半去随。争，不是与他人争，而是与苦难争，与时间争，不与人争；随，不是随波逐流，而是知止而后安，懂得退一步海阔天空。

心宽天地远，把酒凭栏，听玉笛梅花，此时落否；
我辞江汉去，推窗寄语，问仙人黄鹤，何日归来。

此联为清代兵部尚书、湘军将领彭玉麟所题黄鹤楼联。他与曾国藩一起打败了太平天国，功名显赫，正是春风得意之时，加之文武双全，联语自有冲天豪气。此联化典自然，对仗工整。

联中"玉笛梅花"两句化自唐代李白的《春夜洛城闻笛》"谁家玉笛暗飞声，散入春风满洛城。此夜曲中闻折柳，何人不起故园情。"和宋代李龏（gōng，古同"恭"）的《梅花·玉笛谁家叫落梅》："玉笛谁家叫落梅，夜来春病不胜怀。傍人未必知心事，惟有君恩白燕钗。"

此联着笔句"心宽天地远"，笔者最为喜欢，感触最多。人，生活在世界上，"不如意事常八九"。身体上的病老死，心理上的贪嗔痴，事业上的不如意，家庭里的不称心，无不使人烦恼。人生弹指一挥间也。然这一挥，其速度，其长度，其亮度，其恒度（历史记忆），虽说靠自己，又有几人能掌握？

人生一世，原本简单，无非三餐一眠。古人云："海纳百川，有容乃大。"若想活得轻松，必先心态从容，"不以物喜，不以己悲。"任它花开花落，云卷云舒。喜怒哀乐，苦辣酸甜，悲欢离合，成败得失，功名利禄，凡人皆遇，必须以平常心态来对待。如若斤斤计较，患得患失，则苦恼定跟踪而至。不要让一时的悲欢，耽误了人生一路上的美丽风景。

文章里常常阳春白雪，天高海阔，高山流水，淡泊明志。现实确是难免一"争"，适者生存。然而，能参透生死，"渡生死河至涅槃岸"，更能像水一样"善利万物而不争"者，寥寥无几。

"心底无私天地宽"是做人的最高境界，可说易行难。我辈俗人，难泯私心，但当谨记"勿以恶小而为之，勿以善小而不为。"不求毫不利己，但愿凡事能想他人。拥有真诚、善良和宽容，便会海阔天空，人生莲开。

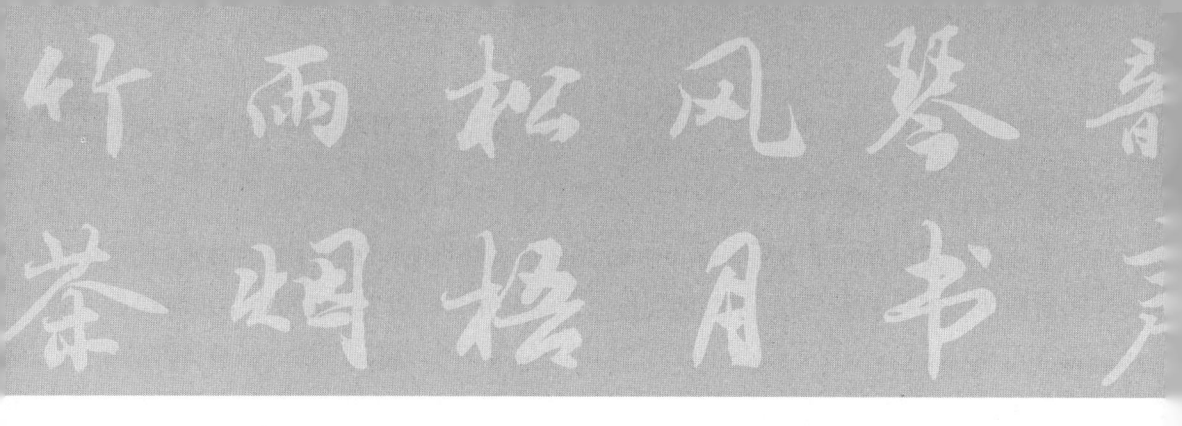

淡如秋水闲中味，
和似春风静后功。

这是清代诗人、文学家王士禛（1634年9月17日至1711年6月26日）的自题联。"淡如秋水"指如秋水般明净从容，作者以此表达宁静淡泊的情怀。"和似春风"指似春风般温和平静，包容万物，显示了一种待人接物的态度。这与清代书法家邓石如的"春风大雅能容物，秋水文章不染尘"有异曲同工之妙。可作为修身养性的格言联。

无欲自然心似水，
有营何止事如毛。

此联出自南宋著名诗人赵师秀（1170—1219年）《呈蒋薛二友》"中夜清寒入缊袍，一杯山茗当香醪（láo）。鸟飞竹叶霜初下，人立梅花月正高。无欲自然心似水，有营何止事如毛。春来拟约萧闲伴，重上天台看海涛"中的颈联。

半夜时分，清冷的寒气，钻进温暖的衣袍，诗人悠然地把山间产的香茶当成美酒来品尝。寒霜初下，鸟儿在竹叶上飞舞，诗人静静地站在梅花树下，欣赏那皓月当空的美景。颈联"无欲自然心似水，有营何止事如毛。"最值得玩味。没有太多欲望，自然是内心平静如水，而那些好钻营的人，何止是事情烦琐、多如牛毛。人如果没有太多的欲望，粗茶也比酒香，人若心平气和，何处没有美景。寡欲少求，知足常乐，这才是潇洒悠闲的人生。

竹雨松风琴韵，
茶烟梧月书声。

第二篇　对联中的座右铭

这是傅山的自题联。傅山（1607—1684 年），初名鼎臣，字青竹，山西太原人。明清时期道家思想家、书法家、医学家。此联属意境联，意境联特指抒情性对联。这类作品中往往呈现情景交融、虚实相生、韵味无穷的诗意空间和情调境界。明代诗人朱承爵《存馀堂诗话》："作诗之妙，全在意境融彻，出音声之外，乃得真味。"坐落于北京中山公园内东南侧的来今雨轩茶社后院有此联。

"竹雨、松风、琴韵、茶烟、梧月、书声"为简单常见六个事物，却组合出一幅清淡、高雅的意象图，表现了作者安详惬意的隐逸生活。简简单单的事物，平平淡淡的格调，皆妙用如此。揽悟全联，正是应了那句话：简简单单就是美！

历代文人雅士多爱竹，认为"有竹人不俗"。宋代诗人金朋说《赏竹吟》："幽人宁使食无肉，不可轩墀少此君。"此联更是有情有景，听潇潇"竹雨"，沐阵阵"松风"，赏幽幽"琴韵"，何等绝妙的一幅"听雨赏琴图"。下联则是另一番情景：梧桐树下，斜月如钩，清茶水烟，还有室内孙辈们的朗朗书声。此情此景，今生今世，夫复何求？

桶漏干，船漏满；
灯吹灭，炭吹红。

此联是一副绝妙的富有巧思的对联。巧联妙对，固然要求对句不同凡响，出句也是绝不能轻视的。一个好的出句，会对整副对子的艺术质量起引导作用，这一点常容易被忽视。本联的出句在"漏"所产生的不同效果上大做文章：桶"漏"了，桶中的水要流干；而船"漏"了，船就要被水灌满。一个"漏"出去，没了；一个"漏"进来，满了。对句中也说了"吹"的两种效果："吹"灯（油灯），火便灭；"吹"炭，火更旺。这样的构思何等巧妙呵！

细细读来，此联还包含着深刻的人生哲理，值得反复咀嚼。

花间藏古道，
指上问流年。

上联小中引大，引人无限的想象力，此"道"可为诗道、画道、蝶道，通往浪漫之屋的小道。可谓外形普通，内蕴丰富。下联紧紧抓住上副的对仗特点，

水韵联趣

小中见大，与出对构成画道的境界，此为直下而偶对，境与意兴。让人陡生人生"弹指一挥间""流年似水"之感叹。似也告诫少年"一寸光阴一寸金""莫等闲白了少年头"，读书的确需要"三更灯火五更鸡"的精神，切莫到头来"老大徒伤悲"。

第三篇 对联中的湖光山色

湖光山色是我们旅游观光、调整身心、放飞自我的不二选择。"山"不在高，有仙则名；而"湖"之所以著名，不仅因其秀色可餐，更在于其深厚的包含着名诗词、对联在内的文化积淀。中国的亭台楼阁不仅美轮美奂、驰名世界，更是有着深厚的历史文化积淀，包含丰富而深刻的哲学思想。欣赏水联自然少不了与滕王阁、西湖等著名楼阁、湖泊相关的山水名联了。从中我们不仅可以欣赏到落霞孤鹜、秋水长天、淡妆浓抹的壮美景色，还可以感受到先贤们心系天下的忧乐情怀。

落霞与孤鹜齐飞，
秋水共长天一色。

这是唐代诗人王勃《滕王阁序》中的名句，同时也是一副佳偶。同样序中还有许多像"物华天宝，人杰地灵。"一样的名句，都是对仗极为工整的佳构。

王勃（650—676年），字子安，万荣人。自幼聪敏好学，六岁能文，下笔流畅，被赞为"神童"。9岁时，读秘书监颜师古《汉书注》，作《指瑕》十卷，以纠正其错。16岁时，应幽素科试及第，授职朝散郎，成为朝廷最少的命官。上元三年（676年）八月，王勃自交趾（又名"交阯"，古代地名，泛指五岭以南）探望父亲返回时，渡海溺水，惊悸而死，年不足26岁。

"落霞与孤鹜齐飞，秋水共长天一色"为历来公认之绝句。它突破了时空的限制，将一幅壮丽绝美的一千多年前夕阳下的美景呈现在你的面前，让你对诗中的落霞、孤鹜、秋水和长天有身临其境之感。

此联对仗工整，景色美轮美奂。上句的"落霞""孤鹜"与下句的"秋水""长天"都是名词性短语，对仗考究。而更为让人称赞的是，上下句中又各自成对，也就是格律上要求较高的"句中自对""落霞"可对"孤鹜""秋水"正对"长天"。

上句写动，霞、鹜"齐飞"；下句写静，水、天"一色"。"色"也可以做动词理解，意为使水和天变为同一种颜色。一动一静，以动衬静。上句侧重于目随景而动，突出景物神态；下句侧重于心因景而静，突出景物色彩。画面和谐，美不胜收。

插图 林梨

第三篇 对联中的湖光山色

其一是色彩美。夕阳之下，晚霞绚烂耀眼，而鹜的羽毛是深色的，加上是逆光，所以孤鹜近乎一个暗影，而晚霞不可能遮布西边半个天空，尚在碧空显露，碧空相对于落霞光度稍逊，但相对于孤鹜来说却较亮，"孤鹜""落霞""碧空"就成了明暗的对比，孤鹜的影子更加深暗，晚霞和碧空则更加灿烂。孤鹜的颜色以绿、褐、紫等为主，属于冷色，而且它们之间是补色关系。晚霞的背景是晴空，它是蓝宝石色的，和晚霞的颜色也是互补色的。我们知道，当互为补色的两种颜色相邻时，能构成最强的对比，在效果上，能使双方达到最大的鲜明度。王勃巧妙地运用了这一对比，使整个图案显得格外地鲜明而美丽。

其二是动态美。孤鹜是在"飞"的，云霞是在"落"的，只有天空是凝然不动的。秋水虽然平静，但并不是冬天的止水，水面上不会死气沉沉。微风过处，秋水上会不断地泛起涟漪，涟漪过处，水面上倒映着的景物被荡开后，透出水下水草乃至鱼虾等等景物。这分明是一幅流动着的美丽图画。

其三是虚实美。碧空高深无比，红霞稍低些，而孤鹜又更低，这就有了三个层次，而它们下边又有秋水。秋天的水是宁静的，当"秋水共长天一色"之时，天上的画卷自然地映在水中，所谓"天光云影共徘徊"，水中又有了三个层次。而且，在天上越高的景物，在水中的倒影就越深。这就构成了实景与虚景的对比。况且微风过处，秋水泛起涟漪，平滑如镜的水面上倒映着的景物会被荡开，依稀透出水下的景物。这和水面上的映像同样构成了一种虚实之美。

其四是立体空间美。"秋水共长天一色"，在天边，天空和水面这两个平面相交了，这符合人们的视觉习惯，并能使人感到整个画面具有三维立体空间的真实感。不仅如此，"秋水共长天一色"把人们的视线引到水天相接之处，这是人们视线所能达到的最远的地方。而"落霞与孤鹜齐飞"又把人们的视线引到天顶，这是人们视野中最高之处。这一景象又映在秋水中，使具有最大高度的景物又有了最大的深度。有远有高有深，境界开阔，给人一种强烈的立体美。

其五是引人遐思的想象之美。此句中，鸟是有生命的，而天空和云霞则是无生命的，这里，后者成了前者活动的背景，而前者则是后者中一个有情感、有意志的动点，令人想到有生和无生；晚霞长空亘古常存，而孤鹜则只是一个匆匆过客，给人一种永恒和短暂的感触；"孤"鹜与"落"霞齐飞，一只"孤"鹜，缘何而孤？飞向哪里？……令人顿生情思；"秋水共长天一色"，远方水天相接之处，茫茫缈缈，那里是否是王勃的心绪所在？那里景色又是如何？给人以无穷的遐想。

水韵联趣

"落霞与孤鹜齐飞,秋水共长天一色。"红霞在天上飘动,野鸭在红霞中翱翔,形成蓝天上一红一黑的色彩对照;无生命的晚霞与有生命的飞鸟并举,构成的画面更为明丽鲜活,超出前人甚远。落霞自天而下,孤鹜自下而上,故曰齐飞;秋水碧而连天,长天净而映水,故曰一色。王勃把这种景象用对偶句的形式来表现,描绘出一个旷远的背景,在这水天一色的一片青碧之中,点缀以红霞、野鸭,构成色彩明丽的画面,意境优美动人。欣赏此句,还要和下面的句子联系起来理解,"渔舟唱晚,响穷澎蠡之滨,雁阵惊寒,声断衡阳之浦",这其中不自觉地流露出一种伤感。有人说对失意人生的悲叹是这篇文章的本质,可以说,王勃在最初表现出来的逸兴只是此时此地的感触,真的是"躬逢盛宴"而已,最后对宾主的客套寒暄也是表面文章,对《滕王阁序》而言,这些均不值得赏观。值得欣赏的是"失路之人"在强烈地渴望"望长安于日下",在热切地盼望"奉宣室以何年";是"时运不齐,命途多舛"之人,在痛苦中又慷慨地自己给自己加油鼓劲,呐喊助威!值得欣赏的是"老当益壮""穷且益坚",是"有怀投笔"者"无路请缨",只好"奉晨昏于万里",无奈到绝望!只有体会到笑脸背后不堪回首的坎坷经历,年轻背后的沧桑,辉煌背后的伤痕这样的情感,才能感受到文章中千古同悲的魅力所在。

世人也许不知滕王,不知滕王阁,但无人不知《滕王阁序》。阁以文传,文以阁名,背后则是一个中国文学史上响亮的名字:"初唐四杰"之首的王勃。传说他写文章之前,先要磨好数升墨,痛痛快快吃一顿老酒,然后爬上床,用被子蒙着脸呼呼大睡。醒来之后,提笔成篇,一字不改,人们把他这种写作的方式叫作腹稿。

《滕王阁序》是王勃在去交趾看望父亲的途中所作。然诗人才长命短,就是在这一旅途中,在南海上遭遇风暴,命殒海底。因此,《滕王阁序》也成了他的绝笔。

文章有神,载地灵天宝以传,阅世千年,依然见画栋云飞,珠帘卷雨;
湖山无恙,擅吴头楚尾之胜,凭栏回顾,况更睹金绳摩汉,铁柱凌霄。

此联为清咸丰进士李文敏(1817—1890年)任江西巡抚期间所作的滕王阁联。但凡写滕王阁的诗词文赋,十之八九借阁赞《滕王阁序》,此联也不例外。李氏开门见山"文章有神,载地灵天宝以传",把读者的欣赏兴趣引到具有传神

第三篇　对联中的湖光山色

的《滕王阁序》文中来，笔法大起大落，初见波澜。滕王阁历千年之久，盛誉不衰，不能不归于"文章有神"。倘若王勃不写这篇序，滕王阁也许很难有机会重修二十八次之多。"阁序相映生辉"，然也。

下联"湖山无恙，擅吴头楚尾之胜"，据《方舆览胜》记载：豫章之地下游为楚，上游为吴，头尾相衔，故称"吴头楚尾"。滕王阁建在这得天独厚的环境里，其胜也数一绝。仿佛看到，正凭栏回首的作者为眼前所见景观叫绝："金绳摩汉"，"铁柱凌霄"，南北对峙，竞相雄巍。"金绳"指绳金塔，相传当年建塔，掘地见金绳一束；"铁柱"指万寿宫，昔有铁柱镇蛟之说，"摩汉凌霄"形容高耸云天之状。

这副楹联化用颇多，自然柔美，在联中发挥有致。既有对胜迹的赞许，又有对序文的鉴赏。字句不多，落地有声，节奏明快，荡气回肠。也颇注重平仄对仗，于是将其置于今之新建的滕王阁楼之中，供人品味。

滕王何在？剩高阁千秋，剧怜画栋珠帘，都化作空潭云影；
阁公能传，仗书生一序，寄语东南宾主，莫轻看过路才人。

此联为清末周嵩尧（1873年7月17日至1953年9月2日，字峋芝，号薰士，周恩来堂伯父）所撰滕王阁联。"阁公"是指重修滕王阁的洪州刺史阎伯屿。作者认为"一个过路人"，凭一篇序留下了"高阁"，使"阁公"、阁和作者名扬千古。要不是《滕王阁序》，"阁公"能传？谁知道你是谁！以此警告一些权势者，千万不要小看了"过路才人"。作者化用《滕王阁序》文轻巧自然，别具一格。

上联写景。作者寻幽览胜，虽至阁前，却无法觅到滕王的踪迹。至于眼前的"画栋珠帘"，也早非昨日之物。接下一个"怜"字，倾注了作者对胜迹的挚爱，反映了他对祖国壮美山河的深厚感情。尾句，作者触景生情，信笔抒怀，将自己对世事变迁和人生感叹，以一"化"字代替，将情感流露于联的字里行间。

下联抒怀。作者借阎公请王勃作序一典，引出点睛之笔："莫看轻过路才人。"想当年，阎公本想在宴席上让自己女婿著文以扬名天下，岂知遇到才华横溢的过路人王勃！作者于是"寄语东南宾主"，告诫世人，山外有山，天外有天，万万不可恃才傲物，恃势傲人，以貌取人，轻视他人。

这是一副哲理联。借古迹喻事明理，较之单一的说教，会给人更大的启迪和教益。纵览全联,字句流畅,结构严谨,上联下贯,实属哲理联中一佳作。今天读来,仿佛让人觉得这不是一副滕王阁的楹联,而是现实生活中一堂深刻的、引人深思的社会课。

二十四秋风,爱上高楼,把栏杆拍遍;
一千年流水,归来明月,将眼界放宽。

这是滕王阁非常著名的一副对联,作者不详。"二十四秋风"指二十四节气到秋分,即秋天。"爱上高楼"则很容易让人想起辛弃疾所作《丑奴儿》中的"少年不识愁滋味,爱上层楼,爱上层楼,为赋新词强说愁。而今识得愁滋味,欲说还休,欲说还休,却道天凉好个秋。""把栏杆拍遍"化用辛弃疾《水龙吟·登建康赏心亭》中的"把吴钩看了,栏杆拍遍,无人会,登临意。"

整联以滕王阁"落霞与孤鹜齐飞,秋水共长天一色"的秋画图为背景,上联写秋风登楼,传统诗词意境中有"春风占第一枝,秋风占第一楼"的寓意。登楼后豪情满怀,把栏杆拍遍。看不出辛弃疾那种"无人会,登临意"的失落,没有"秋愁",无视秋之孤独;下联对应的是一千年流水,也对应了滕王阁建立一千多年的历史,归来明月,指一种胸襟,这种胸襟的动作是将眼界放宽,不光是眼前风景,还有往昔历史。到此处,无声胜似有声,诗人的身心与思想感情都得到了升华。"将眼界放宽"为本联之"联眼"。

此联遣词干净利索,意境如流水般,都是寻常字面,却有无穷意味。用近代古文家、诗人吴恭亨的评语就是"寻常字面,经妙手剪裁,成为大家好句。"整联颇有词境,化用辛弃疾的词句,自然巧妙,不露痕迹,可谓神通古人。"秋风""高楼""流水""明月",这些画面,给人以优美的意境享受,在"落霞孤鹜,秋水长天"背景下又塑造了月夜之下的滕王阁。

全联时空交互,古今相融,把天地间的沧桑与人生深深地烙印在一起,形成了登楼题材的意境。天地无穷人有穷,本是至理,但若胸襟广大,眼界放宽,那么天地自然在心中。何妨寂寞,何妨沧桑,都可以在诗人的身心处安放。联中表达的不是千年牢骚,而是万古放况,诗人的思想意境得到了升华,也拔高了滕王阁的历史高度。

慢慢品读,享受无边,回味无穷。

四面湖山收眼底，
万家忧乐上心头。

此联是题湖南岳阳楼的一副名联，作者陈大纲，清代陕西高陵人，嘉庆进士。上联的"收"一作"归"或"来"；下联的"上"一作"注"或"到"，亦作"在"。笔者认为"收"更为灵动，如与"上"（心头）相对，则更能反映范仲淹作《岳阳楼记》时的心境，更能感知其天下忧乐"涌上"心头的思绪；而"注"则是向"下"的感觉，有种沉重感和压抑感，似更能反映出范仲淹在当时处境下的心态。上联若用"归"，则与"到"相对更为合适，心绪平稳，但感觉"平稳"的心绪似乎很难反映出当时范仲淹的心绪。

"四面湖山""万家忧乐"均化自《岳阳楼记》中的"予观夫巴陵胜状，在洞庭一湖。衔远山，吞长江，浩浩汤汤，横无际涯；朝晖夕阴，气象万千。此则岳阳楼之大观也。""先天下之忧而忧，后天下之乐而乐。"凡咏岳阳楼之联，几乎无不化用这两句而生发感慨。"万家忧乐到心头"，化用自然。联语清雅风致，景中有情，言简而意深。由此联，仿佛看到范仲淹站在岳阳楼上，四周洞庭湖的山水景色尽收眼底，天下百姓苦乐涌上心头，一气呵成《岳阳楼记》。"不以物喜，不以己悲，居庙堂之高则忧其民，处江湖之远则忧其君。""先天下之忧而忧，后天下之乐而乐。"诠释了古代有爱国爱民思想的士大夫阶层的精神境界和自我修养意识，体现了中华儿女"忧国忧民""位卑未敢忘忧国"的道德情操。

江南三大名楼：岳阳楼、黄鹤楼、滕王阁皆因文而名。窃以为，若论文的思想性和精神境界，《岳阳楼记》当数第一。

化用《岳阳楼记》"忧乐"成联的还有不少。江苏高邮城东北的文游台就有一副名联：

水韵联趣

先天下忧,后天下乐,处江淮而怀堂庙;
与古人稽,同今人居,若丘垤之仰泰山。

相传苏轼、孙觉和秦观在此载酒论文,故名"文游台"。上联语出范仲淹《岳阳楼记》中的"居庙堂之高则忧其民,处江湖之远则忧其君……然则何时而乐耶?其必曰:'先天下之忧而忧,后天下之乐而乐'乎。"江淮是指高邮。"与古人稽,同今人居"二句语见《礼记·儒行》中的"儒有今人与居,古人与稽。""稽"指相合,一致。《韩非子·解老》中的"道者,万物之所然也,万理之所稽也。""居"指相处,止息;"丘垤"指小山丘。联语化典故而立论,抒写仰慕前贤之情怀,寄寓先忧后乐之志向,恰是作者爱国思想的写照。

一楼萃三楚精神,云鹤俱空横笛在;
二水汇百川支派,古今无尽大江流。

此为武汉"黄鹤楼"名联,作者不详。联中,"萃"为汇聚的意思。"三楚"在这里指长江流域的湘、鄂一带。"云鹤、横笛"分别化自崔颢《黄鹤楼》中的"黄鹤一去不复返,白云千载空悠悠"和李白的"黄鹤楼中吹玉笛"诗句。"二水"指长江、汉水。"百川支流"指各个小河流都入长江和汉水。联语借景抒情,大处着笔。作者抓住黄鹤楼雄峙江边蛇山的特点,极力渲染三楚之精神更衬"一楼"之宏伟的气势。"云鹤俱空横笛在"切黄鹤楼的特色,"古今无尽大江流"切二水之壮阔,给人以奋发向上之感。语言清新,用典自然,是写胜迹之佳联。

提起黄鹤楼,必然想起为其扬名的唐代诗人崔颢的《黄鹤楼》诗:

插图 林梨

第三篇 对联中的湖光山色

昔人已乘黄鹤去，此地空余黄鹤楼。
黄鹤一去不复返，白云千载空悠悠。
晴川历历汉阳树，芳草萋萋鹦鹉洲。
日暮乡关何处是？烟波江上使人愁。

崔颢（704—754年），汴州（今河南省开封市）人，唐朝进士，著名诗人。因一首七律《黄鹤楼》而"名随李杜"，名垂诗史。

后来李白登楼时，也诗兴大发，当他在楼中发现崔颢一诗，连称"绝妙！绝妙！"相传李白写下了四句"打油诗"来抒发自己的感怀："一拳捶碎黄鹤楼，一脚踢翻鹦鹉洲，眼前有景道不得，崔颢题诗在上头。"便此搁笔，哲匠敛手。后人乃在黄鹤楼东侧，修建一亭，名曰李白"搁笔亭"，以志其事。

被誉为宋、元、明、清四朝诗话第一人的南宋诗论家、诗人严沧浪认为，唐人七言律诗，当以崔颢《黄鹤楼》为第一。足见诗贵自然，纵使格律诗也无不如此。历代写黄鹤楼的诗很多，但崔颢的一首七律，人称最佳。

隔岸眺仙踪，问楼头黄鹤，天际白云，可被大江留住；
绕栏寻胜迹，看树外烟波，洲边芳草，都凭杰阁收来。

这是裘恕（江西省新建区人）为晴川阁所题联。晴川阁又名晴川楼，与黄鹤楼、古琴台并称武汉三大名胜。"隔岸眺仙踪"指站在晴川阁上可眺望对岸的黄鹤楼。仙踪指仙人的足迹，来自黄鹤楼传说。"黄鹤、白云、树外烟波、洲边芳草"皆化自崔颢《黄鹤楼》诗句。杰阁指晴川阁。上联写大江是否留住了黄鹤楼的美丽传说；下联写杰阁已收来晴川的美丽风光。武汉三镇的胜状奇观尽收眼底，令人心旷神怡，流连忘返。联语情景交融，意境清新，对仗工整，堪称佳构。

一支笔挺起江汉间，到最上层，放开肚皮，直吞将八百里洞庭，九百里云梦；
千年事幻在沧桑里，是真才子，自有眼界，那管他去早了黄鹤，来迟了青莲。

此联乃清代光绪年间进士陈宝裕所题黄鹤楼联。洞庭湖古称"云梦泽"。下联中的"黄鹤"暗指崔颢，"青莲"即李白，号"青莲居士"。笔者以为，此联

水韵联趣

在黄鹤楼联中,若论气魄,当属魁首,独领风骚。联语用夸张的手法,以借对为特点,通俗而不俗,真诚而不假,无畏自信,舍我其谁。"是真才子,自有眼界",管他是早来的题诗崔颢,还是迟来的搁笔李白,我自"挺笔"写"千年"文章。好一个当世王勃,大有"数风流人物,还看今朝"之气魄!

本联起句一个"挺"字便陡立高格,而后一气呵成,不见凝滞,以至于有人认为其中自对的工整性有待商榷。窃认为这是其笔势使然,有意无意间效法了崔颢的《黄鹤楼》诗风格,好一个学以致用,立竿见影。而上下联两组领字"直吞将""那管他",将整联之恢弘气魄推向极致。真的是气势不凡,纵笔不羁。从中我们可看到,当年陈进士之一身胆识,满腔抱负。真有点"指点江山,激扬文字"的味道。

此联上联引风光物态,下联入社会人文。而将楼喻笔,实属高妙,全然照应了下联之才子说,搁笔事。神韵清晰,起承有序。与一些类似楹联相比,此联上下联意之神情是不可多得的,可见作者驾驭文字能力之非凡。

此即濠间,非我非鱼皆乐境;
恰来海上,在山在水有遗音。

此联题于上海豫园"三穗堂",为清代名臣陶澍(1779年1月17日至1839年)所作。上联化用《庄子·秋水》典故:"庄子与惠子游于濠梁之上。庄子曰:'儵(shū)鱼出游从容,是鱼之乐也。'惠子曰:'子非鱼,安知鱼之乐?'庄子曰:'子非我,安之我不知鱼之乐?'惠子曰:'我非子,固不知子矣;子固非鱼也,子之不知鱼之乐,全矣!'庄子曰:'请循其本。'子曰:'汝安知鱼乐云者,既已知吾知之而问我,我知之濠上也。'"上联是说:这里就是濠间了。下联化用《列子·汤问》典故:"伯牙善鼓琴,钟子期善听。伯牙鼓琴,志在登高山,钟子期曰:'善哉,峨峨兮若泰山,'志有流水,曰:'善哉,洋洋兮若江河!'"故谓有"遗音"也。成语"高山流水"即来源于此。此联对仗工整,情景交融,化典自然,富有哲理,极耐品味。

高处不胜寒,溯沙鸟凤帆,七十二沽丁字水;
夕阳无限好,对燕云蓟树,百千万叠米家山。

第三篇 对联中的湖光山色

这是程德润（清代湖北天门人，嘉庆进士）题河楼联。河楼位于北京通州，为北运河的倚岸楼。俯视运河，景极雄旷。极目风物，别有一番山水画的景观。"高处"出自苏轼《水调歌头·明月几时有》："我欲乘风归去，又恐琼楼玉宇，高处不胜寒。"溯指逆流而上；沙鸟指岸边的水鸟。"七十二沽"中的"沽"为古河名，分东西二沽：东沽即潮河、蓟运河；西沽即北运河、海河。天津一带以沽命名的村镇很多，相传共七十二沽。"丁字水"指在天津市内，东沽、西沽、大直沽、塘沽、草头沽等因沽水纵横成"丁"字形，故合称"丁字沽"，又称"丁字水"。"夕阳"语见李商隐《乐游原》"夕阳无限好，只是近黄昏。"燕云指燕山升起的云雾。蓟树即蓟门烟树，为古代燕京八大景之一。米家山指宋代著名书画家米芾，善画山水，自成一派，被称为米家山。联语泼墨写意，形象地反映登楼胜览的感受。上联写河楼之高，登临可眺，七十二沽沙鸥翔集，风帆竞发之景观；下联写晚景，燕蓟的云山烟树，宛如米氏的山水画卷。摘诗借词，工巧自然；绘景喻物，联中有诗、诗中有画，美不胜收、妙不可言。

逸兴遄飞，任他风风雨雨；
春光如许，招来燕燕莺莺。

这是完颜麟庆（1791—1846年，清代满洲镶黄旗人，嘉庆进士）官至南河河道总督时为海棠吟社（诗社）所题。海棠吟社在北京东城区紫禁城东北角的半亩园，今黄米胡同十号，为清代李渔所设计的著名私家园林之一。"逸兴遄（chuán）飞"指超逸豪放、意兴勃发，化自王勃《滕王阁序》："遥襟俯畅，逸兴遄飞。""春光如许"是说春天风光这样美好。燕燕莺莺指燕子、黄莺。此联为诗社所题，上联写任他风雨相侵，也难抑诗人勃发、超逸的意兴；下联写如此美丽风光，招来燕舞莺歌，呈现一派生机活泼的春日景象。联语诗意淡荡，吟韵清扬。情在联中、意在联外。

天与雄区，欲游目骋怀，一层更上；
地因多景，喜山光水色，四望皆通。

此联为清代文学家、教育家李彦章（1794—1836年）所题多景楼联。多景楼位于江苏镇江北固山甘露寺左边，是李彦章捐款重建的。李彦章，清代福建

侯官（今闽侯县）人，嘉庆进士。"雄区"指地势险要的北固山。"游目骋怀"指眺望四境，放怀抒意。"一层更上"化自唐代诗人王之涣《登鹳雀楼》"欲穷千里目，更上一层楼"。"地因多景"指多景楼居北固山高处，可俯瞰全江及附近诸山、诸景致。联语构思缜密，抓住"雄区"与"多景"的特点，点出该楼的地理优势。再从"高"和"空"扩展开，表现更上一层方能极目千里，"四望皆通"的壮阔心怀。写景抒情，层次分明，格调高雅。

直道莫能容，却听雨登楼，薄醉平生无此快；
大名长不死，慕落星结屋，论诗异代久相师。

这是写"山谷祠"的一副对联，题联人不详。山谷祠位于广西宜山城中，建于明代。山谷，即宋代诗人黄庭坚。"直道莫能容"指坚持正直之道是不能被当权者所容的。黄庭坚在宋哲宗时任国史编修官，但遭诬陷称所修《神宗实录》多有诬陷不实之词，被贬谪。后客死宜州贬所。"听雨登楼"指黄庭坚被赦，欲回到家乡江西，从江陵动身，经岳阳，登岳阳楼，有感赋《雨中登岳阳楼望君山》诗二首。"薄醉"指轻微醉意。"大名"指黄庭坚的诗词在宋代很有影响，是江西派的开创人。在当时名气很大，有"苏黄"之称。"落星"为坠落的星，指在宜州任上去世。"结屋"指为他建祠堂。"论诗"指黄庭坚论诗推崇杜甫。"异代"指不同时代。"久相师"指师法及其诗歌创作的技能。上联写黄庭坚遭诬陷而被贬谪之事，赞扬他的直道精神；下联写他的诗歌成就和影响，早就让人相互学习、仿效。联语从黄庭坚的道德文章方面作出评价，述史怀人，表达作者对黄的景仰之忱。

野烟千叠石在水，
渔唱一声人过桥。

此联为陶澍题于上海豫园湖心亭的一副楹联。湖心亭居于上海旧城东北区，建于明代嘉靖三十八年（1559 年）。该园水石回环，轩亭四映，奇秀甲于东南。陶澍（1779—1839 年），清代湖南安化人，嘉庆进士，官至两江总督。陶澍小住园中，对各景点各题楹联以纪念。此联描绘豫园湖光，作者抓住"野烟""渔唱"，形象而生动地表现了湖心亭的景物特点。烟水渔舟，是我国诗画中的传统题材，

第三篇　对联中的湖光山色

作者这样淡写轻描，俨然一幅水墨山水画。

望江楼，望江流，望江楼上望江流，江楼千古，江流千古；
映月井，映月影，映月井中映月影，月井万年，月影万年。

此上联乃望江楼流传已久未得下联的咏楼联。望江楼，在四川成都南郊锦江南岸，又名崇丽楼，为纪念薛涛而建。据《对联集锦》载，相传清代，江南某地有一位名士，游览四川成都望江楼薛涛故居时，触景生情，写了一句上联："望江楼，望江流，望江楼上望江流，江楼千古，江流千古。"这位名士在成都住了半年，日日登上望江楼，天天苦思冥想，却始终对不出理想的下联。因此，郁郁回乡去了。百多年来，到望江楼的游客成千上万，有谁能续此下联呢？唯望联兴叹而已。直到1920年，有一个名叫李吉玉的四川什邡人，一次闲游什邡市的珠市坝，发现坝内有一口古井，井旁有清代嘉庆年间竖立的一块大碑石，上书"古印月井"四个大字。李吉玉触景生情，他忽然想起望江楼那一句清人联句，乘兴拟了下联："映月井，映月影，映月井中映月影，月井万年，月影万年。"此联工稳贴切，声态自然，真可谓"文章本天成，妙手偶得之"。但由于李吉玉其人默默无闻，虽得佳句，也不为人重视。以至于直到今天还有许多人将上联"望江楼，望江流，望江楼上望江流，江楼千古，江流千古"认为是一个绝对，无人对出。近年也有人以"赛诗台，赛诗才，赛诗台上赛诗才，诗台绝世，诗才绝世。"应对，亦为难得，但无论从哪方面看，都无法和李吉玉"映月井"之句相提并论。

地以人传，溯自周郎习战，苏子题词，仙吏将才，千古各成奇迹；
天留我住，放教彭蠡风帆，匡庐瀑布，水光山色，一时都入壮怀。

这是曾国藩题望湖亭联。曾国藩（1811年11月26日至1872年3月12日），道光进士，曾任内阁学士，官至侍郎。晚清政治家、战略家、理学家、文学家、书法家，湘军首领。与李鸿章、左宗棠、张之洞并称"晚清中兴四大名臣"。"望湖亭"位于江西九江永修县吴城镇鄱阳湖畔。鄱阳湖，中国最大的淡水湖。位于江西省北部，长江南岸。古称彭蠡、彭泽。湖盆是一个由南向北倾斜的古赣江下游河谷盆地，以后潴水形成鄱阳湖。鄱阳湖南宽北狭，形似葫芦，以都昌

和吴城之间的松门山为界,以北称北湖,由于它位于整个湖体的西北,又称西鄱湖;松门山以南称南湖,又称东鄱湖,是鄱阳湖的主体。除直接接受大气降水补给外,承纳南、东、西三面的赣、抚、信、鄱、修五大江河以及很多独流的来水,湖水从北面通过仅800多米的狭窄水道注入长江。吴城位于赣江入鄱阳湖处,故登亭可览江湖美景。向北远眺,则可见庐山数峰。

"周郎习战"指三国东吴都督周瑜,曾在鄱阳湖中操练水军之事。"苏子题词"指北宋文学家苏轼曾来吴城题写诗词。更由"周郎习战"想到辉煌的赤壁之战和苏轼的千古名篇《赤壁赋》。"仙吏将才,千古各成奇迹"指作者曾国藩虽文武双全,有经天纬地之才,但对于周瑜和苏轼那也是推崇备至。"匡庐"指庐山。下联虽是写湖光山色,帆影点点,"都入壮怀"。但笔者认为这其实是一种更深层次的抒怀,展现了作者冲天的豪气,将周郎、东坡记在心中,效法古人,志在成为治国安邦的擎天柱。

　　五夜楼船,曾上孤亭听鼓角;
　　一樽浊酒,重来此地看湖山。

这副对联亦为曾国藩题望湖亭。"鼓角"原指古代军队中发号施令的战鼓和号角,此处指"周郎习战"。"湖山"指鄱阳湖和庐山。此联所抒情怀与前联似,纵横千年,心系天下。但上次来时,看"孤亭听鼓角",热血在沸腾,豪情冲云霄。此次"重来",心态平和了许多,仿佛参透人生,已然大彻大悟,"一樽浊酒",邀月对饮,静"看湖山"。

　　如此烟波,只应名士美人,消受溪山清福;
　　无边风月,好借琼楼玉宇,勾留诗画因缘。

此联为清代江苏长洲(今苏州)人韦光黻题江苏苏州虎丘山东山浜"抱绿渔庄"联。渔庄两面临水,别墅内有假山、亭阁楼台,往来游船画舫不断,风景独具一格。明清时期,这里经常有文人墨客来此集会,挥毫泼墨,作画吟诗。渔庄今已不存。"风月"本指清风明月,这里泛指美好的景色。"琼楼玉宇"指传说中仙人的住所,此指华美的楼阁。勾留指逗留,停留。联语转承得当,浓淡有致。突出抱绿渔庄美丽风景,让人流连忘返,清雅可诵。

第三篇 对联中的湖光山色

客已倦游,偶然小住湖山,便欲乘风归去;
人生如寄,留得现前指爪,不妨踏雪寻来。

此联是清末文人曹汲珊题江西永修吴城望湖亭"鸿雪轩"联。"倦游"指游览已倦。"便欲乘风归去"化自苏轼《水调歌头·明月几时有》"我欲乘风归去",形容急欲回乡的思想。"人生如寄"指到处奔波流浪意。"寄"指托付。"现前"指眼前。"指爪"指痕迹,化自苏轼《和子由渑池怀旧》"人生到处如何似,应是飞鸿踏雪泥。泥上偶然留指爪,鸿飞那复计东西。"上联说湖光山色虽美好,倦游而后便思归;下联意谓,纵是如寄的人生,亦不妨踏雪追寻往日留下的形迹。联语抒怀寄慨,别有寓意,其矛盾心境隐约可见。

南浦绿波,西山爽气;
春风落日,秋水长天。

这是清代诗人李棠阶所题"华亭寺"联。华亭寺位于云南昆明西山太华寺大雄宝殿前。李棠阶(1798—1865年),清代河南河内(今沁阳)人,道光进士,官至礼部尚书。"南浦"指滇池,浦,水边。从西山的方向看,滇池在昆明之南。"西山"本名碧鸡山,在昆明滇池之西,故又名西山。"秋水长天"语出王勃《滕王阁序》"落霞与孤鹜齐飞,秋水共长天一色。"联语寄情自然,吟山咏水,造句秀美清丽,亦富于色彩美感,衬托华亭寺清静的环境,颇见新意。细细读来,让人心静。

秋色满东南,自赤壁以来,与客泛舟无此乐;
大江流日夜,问青莲而后,举杯邀月更何人。

这是李振钧为安庆"大观亭"所题的一副对联。李振钧(1794—1839年),清代安徽太湖人,道光朝进士第一,授翰林修撰。"赤壁""泛舟"化自苏轼《赤壁赋》"与客泛舟赤壁之下",故此"赤壁"指黄州东坡赤壁。"大江流日夜"见南朝诗人谢朓"大江流日夜,客心悲未央"句。"青莲"即李白,号青莲居士。"举杯"化自李白《月下独酌》"举杯邀明月,对影成三人。"联语借苏轼泛舟

赤壁和李白独酌的韵事，怀古寄意。虽有"无此乐"之寂寞感，但表露出乐在其中之心情。表明作者对李白、苏轼的内心敬仰之情。自唐宋以来，泛舟者谁有东坡之乐，举杯人之欢谁又能比太白诗仙！看似是对"泛舟""举杯"之感慨，实则是称赞李白、苏轼之才学、豪情何人能比，再无来者。

西岭烟霞生袖底，
东洲云海落樽前。

此联为清高宗乾隆皇帝题北京涵远堂。涵远堂是颐和园中谐趣园的正殿，意为恩被四海之堂。"西岭"指北京西郊群山，"东洲"指颐和园昆明湖。本联写景瑰丽，烟霞灿烂，云海苍茫，如诗如画。远景近景收放自如，动静相生，活脱脱地描绘出这位高居庙堂的皇帝在举手投足之间，独揽胜景的潇洒风度。"生袖底""落樽前"更是显足帝王风范。

松风送抱，正荡胸怀，近看镜海波光，莲峰岚影；
山雨欲来，且留脚步，遥听青洲渔唱，嬷阁钟声。

这是澳门松山寺的一副对联。松山寺山清水秀、松柏连绵、环境优雅，这副联语的作者采用互相映衬、动静结合的艺术手法，将松山寺周围的松风山雨、镜海莲峰、青洲嬷阁等景色描绘得惟妙惟肖、活灵活现，有如一幅瑰丽的图画。

水陆洲，洲停舟，风吹舟动洲不动；
天心阁，阁落鸽，雨打鸽飞阁未飞。

这是来自湖南长沙天心阁的一副著名对联。天心阁位于长沙市中心的古城墙上。水陆洲位于长沙市湘江中流，因洲上盛产橘子，又名橘子洲。此联为"连环联"，是一种制联方法，又叫顶针格、联珠法，联中音节或句子首尾相连，前后承接，产生上递下接的效果，好像串珠子一样，读来饶有趣味。联语综合运用了顶真、同音异字等多种手法，联中"阁阁""鸽鸽""洲洲""舟舟"等顶针，"鸽阁"和"洲舟"同音，颇具匠心，令人回味。

水光潋滟晴方好，
山色空蒙雨亦奇。

"上有天堂，下有苏杭"是对苏杭的极致赞美。杭州因西湖而实至名归。西湖名联众多，将"水光潋滟晴方好，山色空蒙雨亦奇。"称为西湖第一联同样实至名归。

插图 林梨

提到西湖，必然让人联想到"西子湖"，必然想到苏东坡。此联出自苏轼的《饮湖上初晴后雨》：

水韵联趣

水光潋滟晴方好，
山色空蒙雨亦奇。
欲把西湖比西子，
淡妆浓抹总相宜。

诗中呈现出美妙的画面：阳光下，西湖水面粼粼，波光艳丽；雨天时，西湖烟雨朦胧，周围群山若有若无，奇妙神秘。"西子"即西施，春秋时越国有名的美女，中国古代四大美女之首。无论是淡雅妆饰，还是盛装打扮，西施都一样美丽动人。如果把西湖比作西施的话，那么不管是晴是雨，是冬是春，它都同样美不胜收。

以绝色美人喻西湖，不仅赋予西湖之美以生命，而且新奇别致，情味隽永。人人皆知西施是美女，但究竟是怎样的美丽，却只存在于每个人心中。而西湖的美景不也是如此吗？采用这样的手法，比起直接去描写，不知要节约多少笔墨，而它的寓意却丰富深刻得多。让我们不只诉之于感受，同时也诉之于思考，可以通过自己的想象去发挥诗的内涵。这一出色的比喻，被宋人称为"道尽西湖好处"的佳句，以致"西子湖"成了西湖的别名。也难怪后来的诗人为之搁笔："除却淡妆浓抹句，更将何语比西湖？"

玉镜净无尘，照葛岭苏堤，万顷波澄天倒影；
冰壶清濯魄，对六桥三竺，九霄秋静月当头。

这是关于西湖的一副风景名胜联。它不仅将"平湖秋月"胜景的秋夜玉镜高悬、湖平如镜、清辉如泻的风景特点形象生动地描绘出来，而且将皓月下的葛岭、苏堤、六桥、三竺等胜迹展现在人们的眼前，使"平湖秋月"这个优美的自然景观平添了绚丽的色彩，倍增了诗情画意，显得更加丰富多彩，绚丽多姿。既赞美了"风景这边独好"的平湖秋月，又追溯了历史，联想了葛洪炼丹，苏轼筑堤等美丽传说，令人产生出一种"湖光山色虽美，但更美的还是创造祖国悠久历史的人"的感觉，从而抒发了作者对祖国美好河山和中华民族优秀传统文化的深厚感情。它比石冶堂"万顷平波长似镜，四时月好最为秋"联只写湖光月色，更富于感情和想象力，境界开阔，感情真切。

第三篇　对联中的湖光山色

水水山山处处明明秀秀，
晴晴雨雨时时好好奇奇。

这是坐落在杭州孤山中山公园的杭州"西湖天子景"亭的一副对联。此联为陇右黄文中（1890—1946年，擅书法，为西湖题多副名联，为一代楹联大家）题，只用10个通俗易懂的单字，重叠起来，再一经排列，即道出了西湖四时景色，点景生情，饶有风趣，游人到此，每每留连驻足，反复吟咏、玩味无穷。此联恰到好处且不露痕迹地化用苏东坡的《饮湖上初晴后雨》"水光潋滟晴方好，山色空蒙雨亦奇。欲把西湖比西子，淡妆浓抹总相宜。"上联从空间落墨，写西湖常景，山明水秀，无处不美；下联从时间着笔，评西湖变化，晴好雨奇，无时不佳，实为情景并茂、表里皆美的叠字联珠佳对。

此为叠字联，是吸收运用了宋代词家李清照的风格，用叠字连法，起到重复强调、加深印象的作用，很容易被人记住，通俗生动，诵读朗朗上口，很有节奏美感。联格手法运用"回文""踏花"，还可以倒读。如果踏花步格，循环周反，还可读成：

水处明，山处秀，水山处处明秀；
晴时好，雨时奇，晴雨时时好奇。

此联可称作是叠字联珠之佳作，联意情景俱佳，妙不可言。

鱼戏平湖穿远岫，
雁鸣秋月写长天。

这是黄文中写"平湖秋月"的一副名联。"鱼戏平湖穿远岫"，一个"穿"字，将鱼写活了，将秋月下的平湖写活了，使景产生了灵动，仿佛鱼从月边穿过，游弋于山间。"雁鸣秋月写长天"，使人想起王勃《滕王阁序》中描写秋色的传世名句："落霞与孤鹜齐飞，秋水共长天一色。"可见撰联者的诗情匠心之阔远。而一个"写"字，活灵活现，意韵无穷。联语有着诗意般的抒情，雁"写"长天，一会儿成"一"字，一会儿又成"人"字，令赏景者触景生情，浮想联翩。上

联写景，下联抒情，情景交融，珠联璧合，美轮美奂。与其说是诗、是联，莫如说是一幅风景秀美的3D动画。平湖秋月，鱼戏雁鸣，有声有色，好一幅西湖赏月秋思图！而且不留痕迹嵌入"平湖秋月"四字，联格严谨，对仗极其工整，联意韵境非常高远，真乃难得之上乘佳作。如果没有深厚的诗文功底和丰富的想象力，是撰写不出如此高超的楹联佳作的。

峰欲再飞无净土，
泉甘耐冷有名山。

黄文中在西湖留下名联众多，特别难得的是黄文中在品评山水之中，直抒胸臆、针砭时政，时时以国家民族为念，格调比一般风浪才子要高得多。此联为他题于灵隐冷泉亭（位于西湖飞来峰下）的一副对联，写的是飞峰冷泉，但隐喻的是当时的中国内忧外患，已没有一块净土，我还能到哪里去呢？只好在此秀美的山水之中忍耐寂寞吧。作者写这副对联的年代，笔者推测在1940年左右，当时正是抗日战争的困难时期。面对国家战乱纷争，山河破碎，诗人那种匹夫有责然而却又有心无力、无助、无奈的心境，让人哀叹，感同身受。虽"耐冷"在"名山"，但读者可以强烈地感受到诗人那翻腾的内心，甚至是撕心裂肺的呐喊："还我河山！"

泉自几时冷起？
峰从何处飞来？

此联为董其昌（1555年2月10日至1636年10月26日，明代后期大臣，工于书法，擅画山水）所作。联中无痕地嵌入了"飞来峰"和"冷泉"，似是在发问，又不须回答，也无从回答。此联曾引起墨客骚人的极大兴趣，纷纷作答。后该联毁于战火。

据传，清朝著名学者、书法家俞樾一日携家人游冷泉亭，曾对董其昌联回答说：

泉自有时冷起，
峰从无处飞来。

第三篇　对联中的湖光山色

其夫人答曰：

泉自冷时冷起，
峰从飞处飞来。

其女儿笑答：

泉自禹时冷起，
峰从项处飞来。

父亲惊问："项字何谓？"其女道："项羽若不将此山拔起，峰安得飞来？"父亲连连点头，拍手称赞。

在山本清，泉自源头冷起；
入世皆幻，峰从天外飞来。

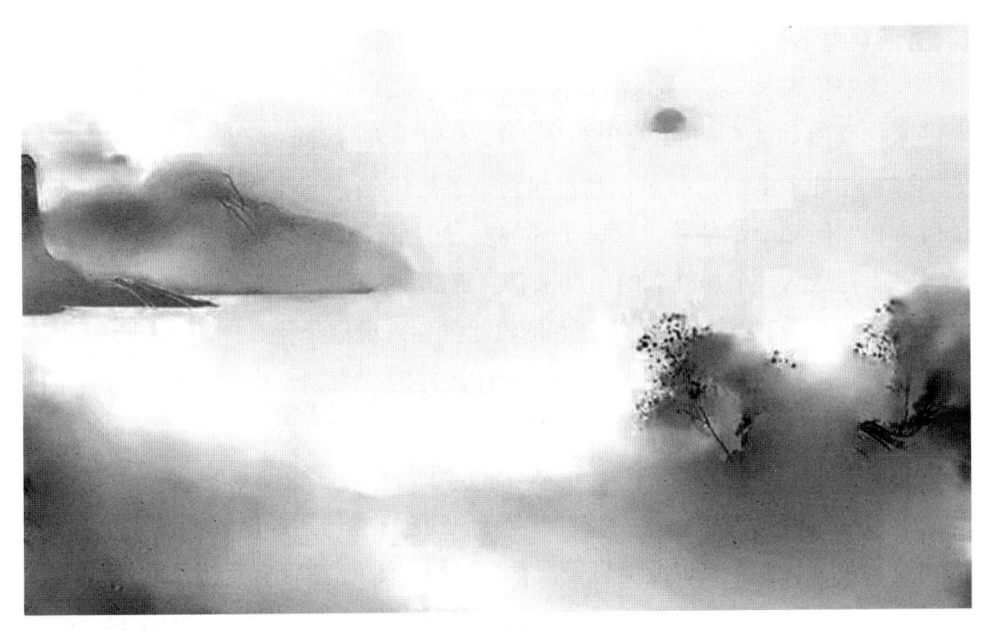

插图　林梨

水韵联趣

此联出自晚清名臣左宗棠。清同治三年（1864年），左宗棠游冷泉亭，山僧乞补对联，左遂题联作答。左宗棠（1812年11月10日至1885年9月5日），字季高，一字朴存，号湘上农人，湖南湘阴人，中国近代民族英雄、政治家、军事家、诗人，洋务派代表人物之一。官至两江总督兼通商事务大臣。中法战争时，督办福建军务。

此联不仅是对董其昌联的回答，还将灵隐寺隐含在其中，也注入了佛教的一些基本理念。联曰"在山本清"，化用杜甫《佳人》诗中的"在山泉水清，出山泉水浊。""天外飞来"则化自佛家故事，相传东晋咸和初年，印度高僧慧理至杭州灵隐寺，见寺前山峰叹道："此天竺灵鹫山之小岭，不知何年飞来，佛在世日，多为仙灵所隐。"因而名其峰为"飞来峰"。联语另辟蹊径，从禅理上回答了"泉自几时冷起？峰从何处飞来？"又切山僧乞书联语之意，亦隐含作者清励的情怀。

晚清官员、诗人金安清说："冷暖惟主人翁自觉。"超赞。很多时候很多事，就像这泉水，别人说它冷暖清浊又如何呢？饮水的人因视角不同、心境不同，对他们自己而言得出什么结论就是什么结论。只有山泉自己怎么看自己才重要吧？但是山泉在意吗？山峰是"土生土长"的，还是"飞来"的，又或是"天降"的，有区别吗？最要紧的是，"山"就在那，"山"那么秀丽，"山不矜高自及天"！

其实左宗棠本意要表达的可能是"在山本清，入世皆幻"，况且泉已冷、峰已来，既然如此，何必又纠结于"泉"是什么时候冷的，"山"是从哪里飞来的呢？许许多多的人和事，利益纠葛，恩恩怨怨，已经过去了的，放不下又是何苦呢？何必魂牵梦萦，耿耿于怀呢？过去的，就让它过去吧。若干年以后再看，或者是从一个局外人的角度来看，那都不是事儿。

"泉""峰"如此，"人"又何尝不是如此。别人说你是什么样的"人"无所谓，并不重要。重要的是，你想要成为一个什么样的"人"？你如何做一个真正的"人"？你究竟是一个什么样的"人"？

笔者所理解的"人"是，诚信为本、孝敬父母、孝敬国家。

在我写作的过程中，有一位同仁看到了我的这句话，他说孝敬父母可以，孝敬国家不妥啊。我说曾经也想写报孝（效）国家，可是后来反复思考，觉得"孝敬国家"还是最妥帖的。我们常常把祖国比成母亲，是祖国养育了我们，那我们难道不应该知恩图报，像对待母亲一样反哺和孝敬吗？20世纪90年代初，我在爱尔兰国立大学学习的时候，有一个来自国内顶尖高校的同仁。他读完硕

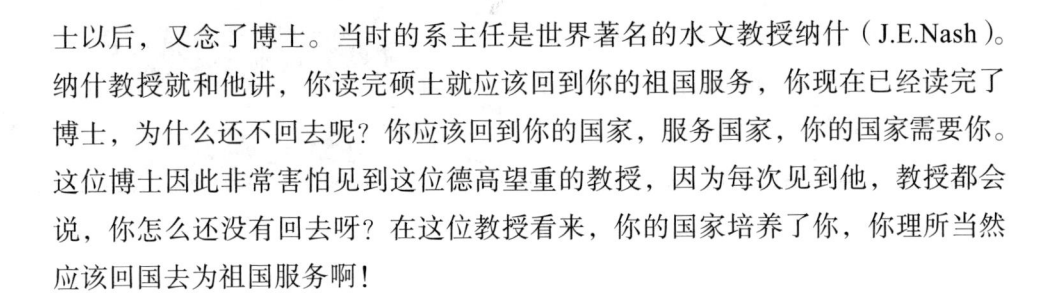

士以后，又念了博士。当时的系主任是世界著名的水文教授纳什（J.E.Nash）。纳什教授就和他讲，你读完硕士就应该回到你的祖国服务，你现在已经读完了博士，为什么还不回去呢？你应该回到你的国家，服务国家，你的国家需要你。这位博士因此非常害怕见到这位德高望重的教授，因为每次见到他，教授都会说，你怎么还没有回去呀？在这位教授看来，你的国家培养了你，你理所当然应该回国去为祖国服务啊！

如月当空，偶以微云点河汉；
在人为目，且将秋水剪瞳仁。

此联为明末清初散文家张岱（1597—1679年）题杭州西湖湖心亭。湖心亭（1953年重建）为一层二檐四面厅形式，上有黄色琉璃瓦，恢弘壮丽。亭以湖名，湖以亭名。曾有诗云："百遍清游未似还，孤亭好在云水间；停阑四面空明里，一面城头三面山。""微云"与诗意同，或是化自此诗。

"河汉"即银河。"瞳仁"即瞳人。"秋水"常比作清澈的眼波。"秋水剪瞳仁"语出唐代诗人李贺所作的《唐儿歌》"骨重神寒天庙器，一双瞳人剪秋水。"上联将亭比作明月当空，偶过微云，在天在水，全景通澈，恍如天上人间。下联将西湖比作眼睛，湖心亭比作瞳人。秋水盈盈，如佳人眼波流动，将湖景写活了。此联作喻奇妙形象，用典自然，意境深远，清旷奇绝。

翘首望仙踪，白也仙，林也仙，苏也仙，我今买醉湖山里，非仙也仙；
及时行乐地，春亦乐，夏亦乐，秋亦乐，冬来寻雪风雪中，不乐亦乐。

这是西湖"仙乐处酒家"联，作者不详。上联句句切"仙"，白、林、苏分别指白居易（曾任杭州刺史）、林逋（北宋著名诗人，隐居杭州西湖）、苏轼（曾任杭州知州），下联句句切"乐"，一幅活灵活现的四时行乐图。

天地本无私，春花秋月尽我留连，得闲便是主人，且莫问平泉草木；
湖山倍多丽，杰阁幽亭凭谁点缀，到处别开生面，真不减清閟画图。

这是清代扬州诗人李鼎题瘦西湖"南大门"楹联。上联抒情，写出悠闲雅

水韵联趣

逸、信步留连的情致。来游者都是湖山的主人。"平泉"指唐代宰相李德裕在洛阳建的别墅"平泉庄",李氏曾作《平泉山居草木记》。下联描景,"清閟"指清静幽邃。閟读作"bì",古同"闭",古语一般为幽静之意。"清閟画图"指元代名画家倪瓒的山水画卷,他的藏书处名"清閟阁"。

插图 林梨

此联为李鼎撰题,由其女儿著名书法家李圣和书写。父女合作,联书俱妙,实为联坛、书界佳话。因悬挂于游赏者入门之处,故作者先抒情,拨动游客共鸣之心弦;后绘景,激起来宾游园之情趣。

上联中"得闲便是主人"用得极妙!化自宋代苏轼《临皋闲题》"江山风月,本无常主,闲者便是主人。"来游瘦西湖者,自可称得上"得闲",而"得闲便是主人",既然"天地本无私",何不潇洒游一回?

衔远山,吞长江,其西南诸峰林壑尤美;
送夕阳,迎素月,当春夏之交草木际天。

这是清代书法家伊秉绶(1754—1815年,字组似,号墨卿)为江苏省扬州市平山堂所撰写的集句联。平山堂为北宋文学家欧阳修任扬州太守时建造的,乃文人雅士聚集之地。集句联是指集前人诗词文赋之句成联,平山堂这副楹联是集句联的代表作。在这副对联中,作者集四大家的四大名《记》中的名句而成,如今悬挂的楹联由扬州当代书法家陈社旻书。

上联集范仲淹《岳阳楼记》和欧阳修的《醉翁亭记》中句。"衔远山,吞长江"出自范仲淹的《岳阳楼记》"衔远山,吞长江,浩浩汤汤,横无际涯,朝晖夕阴,气象万千。""其西南诸峰,林壑尤美"出自欧阳修的《醉翁亭记》"环滁皆山也。其西南诸峰,林壑尤美。望之蔚然而深秀者,琅琊也。"

下联集王禹偁("偁"音 chēng,北宋诗人、散文家,进士,翰林学士)《黄冈竹楼记》和苏轼的《放鹤亭记》中句。"送夕阳,迎素月"出自王禹偁的《黄冈竹楼记》"待其酒力醒,茶烟歇,送夕阳,迎素月,亦谪居之胜概也。""当春秋之交,草木际天"出自于苏轼的《放鹤亭记》"春夏之交,草木际天。秋冬雪月,千里一色。"

第三篇　对联中的湖光山色

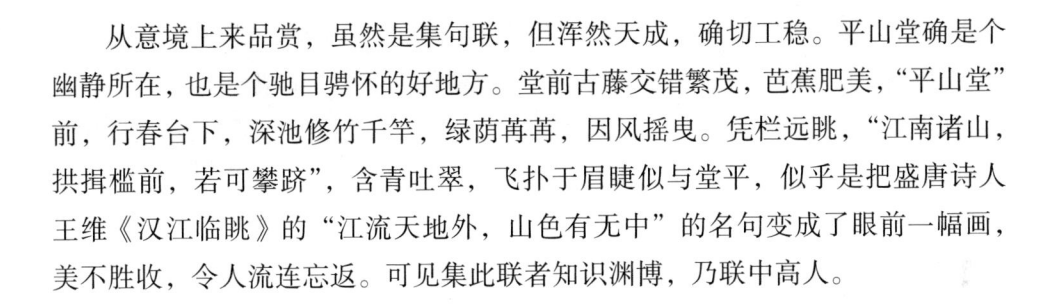

从意境上来品赏，虽然是集句联，但浑然天成，确切工稳。平山堂确是个幽静所在，也是个驰目骋怀的好地方。堂前古藤交错繁茂，芭蕉肥美，"平山堂"前，行春台下，深池修竹千竿，绿荫苒苒，因风摇曳。凭栏远眺，"江南诸山，拱挹槛前，若可攀跻"，含青吐翠，飞扑于眉睫似与堂平，似乎是把盛唐诗人王维《汉江临眺》的"江流天地外，山色有无中"的名句变成了眼前一幅画，美不胜收，令人流连忘返。可见集此联者知识渊博，乃联中高人。

山平水远苍茫外，
地辟天开指顾中。

此联为李昌集（江苏师范大学文学院特聘教授、博导）书题于扬州瘦西湖公园东大门。

对联出自陆游（字务观，号放翁，南宋文学家、史学家、爱国诗人，与王安石、苏轼、黄庭坚并称"宋代四大诗人"）之《初发夷陵》"雷动江边鼓吹雄，百滩过尽失途穷。山平水远苍茫外，地辟天开指顾中。俊鹘横飞遥掠岸，大鱼腾出欲凌空。今朝喜处君知否，三丈黄旗舞便风。"宋孝宗淳熙五年（1178年），陆游在度过八年的川陕生活之后，奉诏东归。此诗是他从夷陵（在今湖北省宜昌市）出发时所作。颔联"山平水远苍茫外，地辟天开指顾中"描绘江水奔涌而出，一泻千里，一片苍茫开阔的景色；站在船头，江天一色，给人"地辟天开"之感。表现了陆放翁初出峡谷豁然开朗的喜悦之情，对壮美的河山的热爱之情，以及对未来充满希望的乐观之情；刻画了作者闯过三峡这些险滩到达夷陵，惊魂甫定、乍喜还惊的感受，生动传神。

一水回环杨柳外，
画船来往藕花天。

这是扬州瘦西湖"小金山"的琴室楹联，作者不详。小金山是扬州瘦西湖二十四景之一，为瘦西湖中一小岛，原名长春岭，建于清代中叶。当时扬州豪绅为了打通瘦西湖至大明寺的水上通道，在瘦西湖之西北开挖了莲花埂新河，挖河的土堆成了一座小山，这就是今天的小金山。小金山四周环水，水随山转，山因水活。面积不大的一块地域，密集了众多的建筑，有关帝殿、琴室、桂园、

木樨书屋、棋室、月观、湖上草堂、吹台、绿荫馆、玉版桥、风亭、小南海等。

  此联描绘了小金山琴室的滨湖景色。杨柳代表春天,藕花代表夏天,品茗赏琴,清心怡神,联中无一字言琴,却如宋徽宗赵佶在《松下听琴图》上所题的,全在"无弦一弄中"了。琴音琴韵都在游人畅想中。

  斗酒双柑,三月烟花来胜侣;
  湖光山色,四时风物待游人。

  这是扬州瘦西湖徐园"听鹂馆"楹联,作者不详。"斗酒双柑"化自唐代冯贽《云仙杂记·俗耳针砭诗肠鼓吹》引《高隐外书》"戴颙春携双柑斗酒,人问何之,曰:'往听黄鹂声。'"明代刘泰《春日湖上》"明日重来应烂漫,双柑斗酒听黄鹂"诗句中的"斗酒双柑"同样出自冯贽。"柑"非果品,乃食盒。后以"斗酒双柑"指春日胜游。"三月烟花"出自李白《黄鹤楼送孟浩然之广陵》"故人西辞黄鹤楼,烟花三月下扬州。孤帆远影碧空尽,唯见长江天际流。""胜侣"指好朋友。

  上联言春游,烟花三月是瘦西湖最美的时节,也是来听鹂馆听鹂最好的时节。此时的瘦西湖,风景如画,胜友如云,美人、美酒、美诗篇;下联言四季游,瘦西湖的"湖光山色"四季游览"总相宜"。此联用自对形式,暗扣馆名,构思巧妙,化典自然。

  江波蘸绿岸堪染,
  山色迎人秀可餐。

  这是听鹂馆的另一副楹联,由清朝中期官员、经学家、训诂学家、金石学家、楹联大家阮元(1764年2月21日至1849年11月27日)大学士撰书。此联在瘦西湖听鹂馆开始制作时,大学士将上联"蘸岸"错写成"蘸绿",成了"江波蘸绿岸堪染",至今未改。联句取自陆游《江亭》"旅食京华兴已阑,喜扶衰惫出重关。江波蘸岸绿堪染,山色迎人秀可餐。濠上观鱼非至乐,管中窥豹岂全斑?此行便问天台路,剩采灵芝换病颜"中的颔联。

  上联写湖光。扬州为江城,故将湖波称作"江波"。以"蘸岸"与下联的"迎人"相对,以"绿堪然"与"秀可餐"相对,确切怡然。碧绿的湖水竟把堤岸染绿了,

第三篇　对联中的湖光山色

用词妙绝。

下联写山色。馆外远有蜀岗诸峰，近有园侧疏峰，远近皆有山色。"秀可餐"即成语"秀色可餐"，"秀色"原指女子姿色娟秀可爱，这里形容山色极美。语出西晋著名文学家、书法家、关中侯陆机《日出东南隅行》中的"鲜肤一何润，秀色若可餐。"

五千里秦树蜀山，我原过客；
一万顷荷花秋水，中有诗人。

此联题于四川新都桂湖，作者不详。"五千里秦树蜀山"泛指陕西、四川、云南一带的大好河山。"荷花"指桂湖中遍植荷花。"诗人"特指明代诗人杨慎。此联叙述由陕西入川游览桂湖，发生在这五千里的大好河山中，只是"过客"之叹。面对"万顷荷花秋水"的桂湖，却能留住"诗人"，又生发怀古之情，桂湖的风光美，是因"中有诗人"而衬托出来的。联语构思巧致。写景别具一格。

笔者斗胆揣测，以为此联可以说是作者借桂湖特为纪念杨慎所作。杨慎，明代四川新都（今成都市新都区）人，号升庵，状元，翰林院修撰，明代文学家。杨慎刚正不阿，不畏权势，颇有风骨。被贬滇南三十多年，曾寄寓四川江阳（泸州）。作者感慨，在历史的长河中，在广袤的奇山秀水之间，芸芸众生都不过是匆匆过客，不留痕迹。只有像杨慎这样的既有才学，又有风骨的诗人，才能长留世人心中，永载史册。也只有像他这样的人才能让山更秀，水更美，花更艳。

人言为信，我始欲愁，仔细思量，风吹皱一池春水；
胜固当欣，败亦可喜，如何结局，浪淘尽千古英雄。

此联是清代诗人黄体芳（1832年9月14日至1899年6月16日）题于南京莫愁湖"胜棋楼"的一副对联。黄体芳，浙江瑞安人，同治进士，官至兵部尚书，晚主金陵书院。胜棋楼是南京莫愁湖的著名景点，始建于明代洪武初年，正门中堂有棋桌，相传这里是明太祖朱元璋与大将徐达弈棋的地方，故又名"对弈楼"。

胜棋楼的由来是相传明太祖朱元璋非常喜欢下围棋，当时朝中有一位名臣叫徐达，是一位弈林高手。可是朱元璋每次找徐对弈，徐达总是败在他手下。对此朱元璋心里明白，恐怕这是徐达有意让自己的，然而朱元璋有时又很自信，

未必徐达就能赢自己。一次,朱元璋又叫徐达去下棋,事前一再告诉徐达:"胜负决不怪罪你,你要尽量施展棋艺,以决一胜负。"于是,阵势拉开了,两人从早上下到中午,午饭也没顾上吃。这时,朱元璋步步进逼徐达,眼看胜局在望,心头一高兴,便脱口问徐达:"爱卿,这局以为如何?!"徐达微笑着点头答道:"请万岁纵观全局!"朱元璋连忙起身细看棋局,不禁失声惊叹:"哦!朕实不如徐卿也!"原来朱元璋发现满盘棋子布局竟形如"萬歲"二字。龙颜大悦,当即将"对弈楼"和整个莫愁湖花园赐给徐达,并将"对弈楼"赐名为"胜棋楼"。

联中,"人言"两句中的"人言"为"信",意为由信生愁,点出"莫愁湖"的传说。"风吹"句见南唐冯延巳《谒金门》词:"风乍起,吹皱一池春水。"这景物含有象征意味,指春风荡漾,吹皱了池水,也吹动了游湖少女的芳心。"胜固"两句出自苏轼《观棋诗并引》,很有哲理,意谓胜和败都应当高兴喜悦,点明朱元璋和徐达赌棋,输棋后将莫愁湖和胜棋楼赐予徐达的故事。"浪淘"句见苏轼《念奴娇》词:"大江东去,浪淘尽,千古风流人物。"说明千古英雄虽尽随滚滚巨浪而去,但英雄人物的非凡气概却总让人想起。联语化用典故自然,句工词丽,意境深沉,风雅有致,切事切景切情。上联"仔细思量"和下联"如何结局"两句乃点睛之笔,给人以无穷的回味。

四面荷花三面柳,
一城山色半城湖。

这是清代才子刘凤诰为济南大明湖撰写的赞美联。山东济南有"泉城"美称,因泉而成大大小小湖泊无数。大明湖沿岸植满柳树,每逢春天,翠柳拂水,春色满堤,景色佳丽,是闻名遐迩的赏柳胜地。刘凤诰撰联赞济南:"四面荷花三面柳,一城山色半城湖。"联语恰到好处地概括了大明湖的湖光景色,游人在此吟联赏景,增添几分雅趣。

刘凤诰(1761—1830年),字丞牧,号金门,江西省萍乡市上栗县赤山镇观泉村人。清乾隆五十四年(1789年)己酉科进士胡长龄榜第三人(文探花)。乾隆称刘凤诰为"江西大器",更多的人称他为"江西才子"。在乾隆年间被封为太子少保,担任过吏、户、礼、兵四部的侍郎,又称卿贰。刘凤诰为乾隆探花,曾任湖北、山东、江南主考官和广西、山东、浙江学政,权衡选拔文士,名声远播。

第三篇 对联中的湖光山色

说起乾隆点刘凤诰为探花,还有一个故事。按才学,刘可为状元,却被长相所累。刘凤诰才学超群,被主考列入向皇帝推荐的前十卷名单,呈送皇帝御览。乾隆帝听了殿试读卷官读过试卷,对刘凤诰的才学十分赞赏,便传刘凤诰面试。等到乾隆帝向刘凤诰脸上一瞧,一时却怔住了。原来这位刘凤诰其貌不扬,从小伤了一只眼睛。乾隆皇帝心想:若要取他,这一只眼实在难看;若不取他,百官又要笑我以貌取人。他沉吟了半晌,便对刘凤诰说:"朕要当面考考你,你若果真才学超群,朕定然点中你;若才学平平,你就休怪朕无情了。""臣遵旨!请陛下命题。"刘凤诰答道。乾隆帝就说:"好!我这里出个上联,你要对上下联。"接着便口中念道:

"独眼不能登金榜,"

刘凤诰听了后,心想,你皇上也要以貌取人。他稍一思索,立即对上:

"半月依旧照乾坤。"

"好!对得很贴切,口气也不小。我再出一联你对。"乾隆又出一联:

"东启明,西长庚,南箕北斗,朕乃摘星汉;"

才华横溢的刘凤诰当即应对:

"春牡丹,夏芍药,秋菊冬梅,臣是探花郎。"

一个以"东西南北"四方星宿巧出奇题,天子天象,气势不凡,并且暗含了"你就是文曲星下凡,我也可以摘了你。"皇上盛气凌人。一个用"春夏秋冬"四季名花应对,牡丹天香国色,冬梅傲骨临风。臣下不卑不亢。尤其后三字的"探花郎"一语双关,令人击掌赞叹。乾隆帝一听,不仅对仗工整,而且韵律和谐,不禁龙颜大悦,哈哈大笑地说:"好,朕成全你!"朱笔一点,刘凤诰就被录取为一甲第三名探花。

嘉庆元年(1796年)正月初一日,乾隆举行内禅大礼,嘉庆登上皇帝位,尊称乾隆为太上皇帝,训政。据传,嘉庆为太上皇祝寿,令刘凤诰以顺治、康熙、雍正、乾隆、嘉庆五朝年号缀联。刘凤诰作了一副插嵌格对联:

顺天康民,雍然乾健嘉千古;
治国熙物,正是隆恩庆万年。

五朝年号有规则插入联中,天衣无缝,甚是贴切,一时传为佳话。

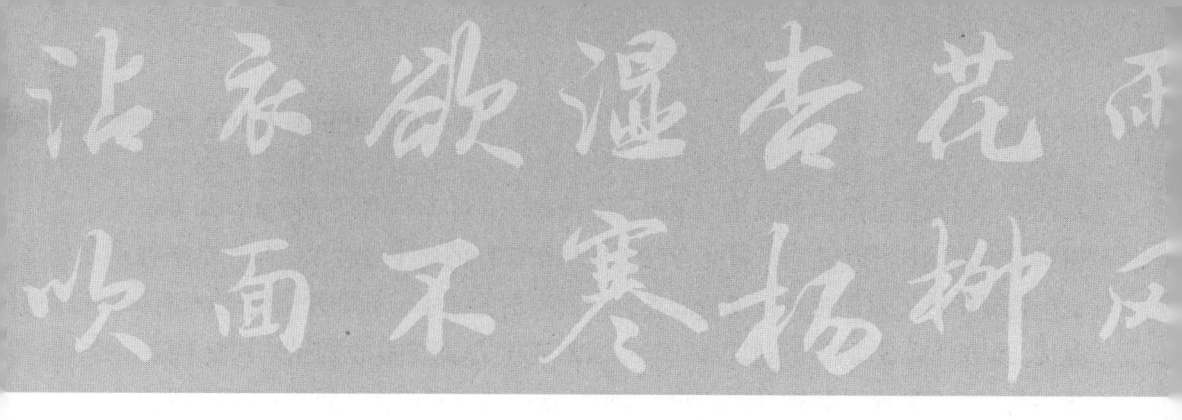

沾衣欲湿杏花雨，
吹面不寒杨柳风。

此联出自南宋和尚志南《绝句》："古木阴中系短篷，杖藜扶我过桥东。沾衣欲湿杏花雨，吹面不寒杨柳风。"诗中，"短篷"指小船。"杖藜"为"藜杖"的倒文，指拐杖。

这是一首脍炙人口的千古绝唱，诗人运用拟人的艺术手法，把游览中看到的迷人的春天景色和感受到的春风的柔和温暖写得有色有味，表达出作者对大自然的喜爱之情。尤其是"吹面不寒杨柳风"是流传千古的佳句，用杨柳将春天的神态很好地展现出来。

这首小诗，写诗人在微风细雨中拄杖春游的乐趣。诗人拄杖春游，却说"杖藜扶我"，是将藜杖拟人化了，仿佛他是一位可以依赖的游伴，默默无言地扶人前行，给人以亲切感、安全感，使这位老和尚游兴大涨，欣欣然通过小桥，一路向东。"东"，有些时候便是"春"的同义词，譬如春神称作东君，东风专指春风。诗的后两句尤为精彩，"杏花雨""杨柳风"比"细雨""和风"更有美感，更富有画意。 杨柳枝随风荡漾，给人以春风生自杨柳的印象。早春时的雨被称之为"杏花雨"，与夏初的雨称为"黄梅雨"，道理相同。

明月松间照，
清泉石上流。

此联出自王维《山居秋暝》"空山新雨后，天气晚来秋。明月松间照，清泉石上流。竹喧归浣女，莲动下渔舟。随意春芳歇，王孙自可留"中的颔联。

这首诗为山水名篇。描绘了秋雨初晴后傍晚时分山村的旖旎风光和山居村民的淳朴风尚，表现了诗人寄情山水田园并对隐居生活怡然自得的满足心情，以自然美来表现人格美和社会美。全诗将空山雨后的秋凉，松间明月的光照，石上清泉的声音以及浣女归来竹林中的喧笑声，渔船穿过荷花的动态，和谐完美地融合在一起，给人一种丰富新鲜的感受。它像一幅清新秀丽的山水画，又像一支恬静优美的抒情乐曲，体现了王维诗中有画的创作特点。

首联是写雨后山中空气之清新、景色之美妙秋景。

颔联细描景物，以物芳而明志洁。天色已暝，却有皓月当空；群芳已谢，却有青松如盖。山泉清洌，淙淙流泻于山石之上，如一条洁白无瑕的素练，在月光下闪闪发光。多么幽清明净的自然美。王维的《济上四贤咏》曾经赞叹两位贤士的高尚情操，谓其"息阴无恶木，饮水必清源"。诗人自己也是这种心志高洁的人。这月下青松和石上清泉，不正是他所追求的理想境界吗？这两句写景如画，随意洒脱，毫不着力。

作为山水诗的名篇，《山居秋暝》之美怎么形容都不为过，诗人不仅把绘画美、音乐美、诗歌美三者结合得完美无瑕，而且还把自然美、人格美、理想美、社会美融为一体，细细品读，耐人寻味。真可谓美轮美奂，完美无瑕。难怪世人点评道：总无可点，自是好。

王维不愧为诗佛，他的诗不仅能读出"诗中有画、画中有诗、诗中有禅"的无限境界，而且他的山水诗与田园诗往往合为一体，让人能读出"山中有水，水中有山，山中有田，田中有山"的自然形态。这首诗是王维山水田园诗中的绝世经典之作。

漠漠水田飞白鹭，
阴阴夏木啭黄鹂。

这是王维《积雨辋川庄作》"积雨空林烟火迟，蒸藜炊黍饷东菑。漠漠水田飞白鹭，阴阴夏木啭黄鹂。山中习静观朝槿，松下清斋折露葵。野老与人争席罢，海鸥何事更相疑"中的颔联。

这首诗作为王维山水田园诗中的代表作，表现了诗人隐居山林，脱离尘俗的闲情逸致。诗人不仅描写了辋川山庄久雨初停时的恬静优美、淡雅幽寂，而且"诗中有画""诗中有禅"。与此同时，诗人也创造了一个"物我相惬、情景交融"的怡然自乐、兴味深远的意境。

水韵联趣

从前有人把此诗推为全唐七律的压卷,说成"空古准今"的极致。而有人认为"淡雅幽寂,莫过右丞《积雨》",赞赏这首诗深邃的意境和超迈的风格。

雨中草色绿堪染,
水上桃花红欲然。

此联出自王维《辋川别业》"不到东山向一年,归来才及种春田。雨中草色绿堪染,水上桃花红欲然。优娄比丘经论学,伛偻丈人乡里贤。披衣倒屣且相见,相欢语笑衡门前"中的颔联。

辋川别业是王维在辋川山谷"东山"(今陕西省蓝田县西南10多公里处)上、在宋之问辋川山庄的基础上营建的园林。这是一片拥有林泉之胜、因地而建的天然园林,位于天然山谷区,山貌、水态、林姿的美于此处集中地表现出来。园林仅在可歇处、可观处、可借景处,于地面筑造宇屋亭馆,既富自然之趣,又有诗情画意。

"雨中草色绿堪染,水上桃花红欲然。"为传世名句,写的是辋川春天的景色。春草、桃花,人们太过熟悉,因而要使人如临其境,颇为不易。诗人用了"堪染"来突出一个"绿"字,用"欲燃"来突出一个"红"字,这就是画家的眼光、画家的用色法。把绿与红给予高度的强调,绿得好似可以用作染料,红得似乎要燃烧起来。于是盎然的春意,便通过"红""绿"二色的突出与夸张而跃然纸上了。将静态景物,写得具有强烈动感,使本已很美的绿草、红花,被形容得更加碧绿,更加红艳。这种色彩明艳的画面,反映了诗人"相欢语笑"的喜悦心情,意境优美,清新明快。这两句以夸张的手法写秾丽的春景,与《田园乐七首》"桃花复含宿雨,柳绿更带朝烟"有着异曲同工之妙。

《辋川别业》是一首写景言情的七律,写王维在辋川隐居时期的田园生活。此诗先写作者来到辋川将近一年,回来时正好赶上春耕的农忙季节。沿途所见雨中浓绿的草色,足可染物;水上火红的桃花像是要燃烧起来,十分迷人。作者与乡间的人们相处无间,无论是僧人还是隐居乡里的老人,一听说作者回来了,都披衣倒屣赶来相见,开怀畅谈柴门之前。这与陶渊明的"相思则披衣,言笑无厌时"一样,表现了乡里间淳朴亲密的人际关系,与"人情翻覆似波澜"的官场形成鲜明的对比,表现了作者对乡间田园生活的喜爱。

第三篇　对联中的湖光山色

清风拂绿柳，
白水映红桃。

此联出自王维《周庄河》："清风拂绿柳，白水映红桃。舟行碧波上，人在画中游"中的首联。

清风徐徐，绿柳飘飘，涟漪朵朵。粉红的桃花倒影洒落湖面，别有一番景致。荡一叶轻舟，在碧波中自由自在，两岸景色绝美，水中倒影天地，人游在水中，就像游览在美丽的画中。

多么美的春游图！这是一首纯粹的山水诗歌。全诗四句看似都在写景，其实透过这美丽的春天景色，我们可以感受到诗人所抒发的内心情怀，感受到诗人那宁静、超然的心境。只有心归隐了，人才能如此超凡脱俗，才能真正享受到如此醉人的景色、如此美好的春天。

深秋帘幕千家雨，
落日楼台一笛风。

此联出自唐代诗人杜牧《题宣州开元寺水阁阁下宛溪夹溪居人》"六朝文物草连空，天淡云闲今古同。鸟去鸟来山色里，人歌人哭水声中。深秋帘幕千家雨，落日楼台一笛风。惆怅无日见范蠡，参差烟树五湖东"中的颈联。杜牧（803—852年），字牧之，京兆万年（今陕西省西安市）人，唐朝文学家、诗人。

此联意象立足点为秋天、千家、雨帘、落日、楼台和笛声（风），其中"秋雨"与高空视野所看到的"千家"为第一层次意象空间，这个空间先提供了一个大的背景，犹如拍摄远景般给人以深远苍茫之感。正是在这个背景上，作者将下联的意象拉到"落日、楼台"的近景，在原来大背景中把镜头拉回眼前。在此过程中，"一声长笛"充当了镜头调节的作用，正是这"一声长笛"扬起，才令读者把注意力聚焦在"落日""楼台"，而"一声长笛"扬起也打破了原有的平静与深沉，在上联深远而略带消沉的背景上，跃起了一股灵气。

远看山有色，
近听水无声。

水韵联趣

此联取自唐代诗人王维《画》："远看山有色，近听水无声。春去花还在，人来鸟不惊。"

这首诗其实也是一首谜题诗，谜底即为诗名。正面描写的虽然是山水鸟画的非自然景物，山色分明，流水无声，花开四季，鸟不怕人，其实就是引出谜底——画。全诗对仗工整，节奏清晰，平仄分明，短小浅显，韵味十足，读着朗朗上口，流传至今。

王维的这一首《画》字面上可谓是简单至极，但是却写得极为传神，颇有深意。诗中融入了诗人对人生的思考，它代表了一种梦想，而这梦想却又是可望而不可即的，它只有我们在静静地思考的时候，才能想得到，可当我们想要去触碰这种想法的时候，却发现它是一幅画，是一种虚无。或许，这就是人们所说的"大象无形"吧。

春风春雨花经眼，
江北江南水拍天。

此联出自黄庭坚《次元明韵寄子由》"半世交亲随逝水，几人图画入凌烟？春风春雨花经眼，江北江南水拍天。欲解铜章行问道，定知石友许忘年。脊令各有思归恨，日月相催雪满颠。"中的颔联。诗题中提到了两个人名，"元明"就是黄庭坚的兄长黄大临，"子由"则是苏轼的弟弟苏辙。苏辙贬官时，黄庭坚之兄黄大临写了一首诗赠给苏辙，这首诗是黄庭坚步韵黄大临之作，同样是赠给苏辙的。这首诗情、景、议交融，浑然一体，情真意切，很见功力。

其中"春风春雨花经眼，江北江南水拍天。"最是精彩，是蜚声诗坛、享誉后世的千古名句。风吹雨落，花开花谢，江北江南，波浪滔天，只是短短十四字，便写尽了春日的景象，花开江涨，寄托思念远方友人之情。前一句是对上联"半世交亲随逝水"的呼应，抒发了世事无常，时光流逝的慨叹；而后一句则是从空间上，形容两人距离之遥远。曾经把酒言欢，惺惺相惜的两人，却因种种原因，天南地北，难以相会，日复一日，年复一年，花开花落，春去秋来，诗人心中的思念之情可想而知。

无一字写情而情自现，这样的写法比起直接抒情更动人心弦。更难得的是这两句无一生僻字，通俗自然，意境高妙。所谓"点铁成金"。

第三篇　对联中的湖光山色

月来满地水，
云起一天山。

此为郑板桥所题瘦西湖"月观"的一副对联。郑板桥（1693年11月22日至1766年1月22日），原名郑燮，字克柔，号理庵，又号板桥，人称板桥先生，江苏兴化人，清代书画家、文学家。"月观"，乃是瘦西湖欣赏月亮的地方。扬州自古就有"月亮城"的美称，瘦西湖的"月观"即为扬州赏月佳处。瘦西湖月观有屋三楹，坐西向东，临水而建。三面环廊，东向临湖，视野开阔。后墙留六扇大窗，打开后窗，阵阵桂香，沁人心田。三秋时节，花香袭人，月明之际，皓月东升，凭栏远眺，银光泻地。

整副对联看似平白如话，却是意境高远。郑板桥只用了十个最常见的字词，就组成了一副千古佳联，瘦西湖水虽然有限，但月色溶溶，留下满地似水银辉，顿时显得无际无涯；小金山虽不巍峨，但云雾弥漫，冉冉直上中天之青冥，与天边云山连绵逶迤，幕天席地，幻化出一幅"山高月小"的诗意画卷。整副对联充满思辨色彩：一上一下，一明一暗，一高一矮，一山一水。天上人间，实景虚化，小景变为大景，有限的园林化为无限的诗境。人行其间，心胸怎不为之开阔？

月观所在的小金山，其实并不是山，而是一个小小的高丘，不过这已经是瘦西湖最高的景点。其四面环水，山和园林都在湖心的小岛上。小金山周边建筑对廊的运用几乎出神入化。廊乃一院之经络，结构一园之胜景。廊随屋走，有琴房、书屋、棋室、月观、梅岭春深诸景，粘连牵绊不觉间成为一体，妙不可言。

这组建筑充满浓浓的书卷气，还暗藏着一段扬州园林史话，更是向园林先贤致敬。南北朝时期，是扬州园林史上的一个重要节点，徐湛之造园在扬州园林史上留下了浓墨重彩的一笔。沈约《宋书·徐湛之传》云："风亭、月观、吹台、琴室果竹繁茂，花药成行。"原来这是扬州见诸史籍的第一次官府造园活动，所建景点就是风亭、月观、吹台、琴室等。有人考证，当年的风亭、月观、吹台、琴室在今雷塘附近，可惜早已湮塞，无迹可寻。于是清人在清浚瘦西湖营建小金山时，用其景观旧名，遂有今日的风亭、月观、吹台、琴室诸景。

由此可见，有月亮的地方就有歌赋，有歌赋的地方就有情怀，有情怀的地方就有传承。

雾锁山头山锁雾，
天连水尾水连天。

相传此联是林则徐登上鼓浪屿时所作，一说为欧阳修所作。这副对联寓意大雾弥漫，看不清远处的山峰，水天一色，天水相接。

这是一副写景的回文联，中间的字叫"轴"，以它为中心，前后依次对称排列相同的字。这副联的"头"和"尾"就是"轴"。正读反读皆成对，很独特，在词性对仗上亦显工巧。回文的技巧对表现与强化主题起到了很好的作用，读者可以真切地感受到那种水天相连、山雾相连且连绵无尽的壮观景象。由于回文联回环反复的特点，读起来流畅婉转，韵味十足。

全联用"锁"和"连"两个动词，描写雾景和海观，使雾、山、天、水四物呈现在读者眼前：雾霭笼罩着层峦叠嶂，拥抱着葱葱树木，微风吹来，雾气缥渺，如入仙境；日出雾散时，面对着大海，近处的点点帆影，远处的粼粼波光，尽收眼底。

极远的海面和天空连接在一起，分不清哪是水，哪是天，构成一幅硕大无朋的水天一色、天水相融的画图，令人有身临其境之感。

锦江春色来天地，
玉垒浮云变古今。

这是杜甫《登楼》"花近高楼伤客心，万方多难此登临。锦江春色来天地，玉垒浮云变古今。北极朝廷终不改，西山寇盗莫相侵。可怜后主还祠庙，日暮聊为梁甫吟。"中的颔联。

首联提挈全篇。"万方多难"，是全诗写景抒情的出发点。在这样一个万方多难的时候，流离他乡的诗人愁思满腹，登上此楼，虽然繁花触目，诗人却为国家的灾难重重而忧愁，伤感，更加黯然心伤。花伤客心，以乐景写哀情，和"感时花溅泪"（《春望》）一样，同是反衬手法。

颔联"锦江春色来天地，玉垒浮云变古今"描绘了一幅壮美的山河景观。锦江水夹带着朝气盎然的春色从天地间奔腾而来，玉垒山上的浮云飘忽不定，这使诗人联想到那浮云飘移就像是古今世势的更替变幻，想到了动荡不安的国家，包括诗人对国家山河的热爱和民族历史的回忆。登高望远，视野开阔，而诗人偏偏向西北方向望去，可见诗人心怀国家，他忧国忧民的高大形象跃然纸上。

颈联写国家战事。诗人登楼远眺，由浮云想到了国家现时情况，虽然大唐朝廷风雨动荡，但代宗又回到了长安，可见"终不改"照应了上一句的"变古今"，语气中流露出了诗人强烈的爱国之情。下句"寇盗""相侵"，进一步说明第二句的"万方多难"，针对吐蕃的觊觎寄语相告："莫再徒劳无益地前来侵扰！"词严义正，浩气凛然，在如焚的焦虑之中透着坚定的信念。

尾联中的"后主"指蜀汉后主刘禅。先主刘备庙在成都锦官门外，西有武侯祠，东有后主祠；《梁父吟》是诸葛亮遇刘备前喜欢诵读的乐府诗篇，用来比喻这首《登楼》，含有对诸葛武侯的仰慕之意。想到后主刘禅，诗人不禁喟然而叹："可怜那亡国昏君，竟也配和诸葛武侯一样，专居祠庙，歆享后人香火！"这是以刘禅比喻唐代宗李豫。李豫重用宦官程元振、鱼朝恩，造成国事维艰、吐蕃入侵的局面，同刘禅信任黄皓而亡国极其相似。而诗人自己，空怀济世之心，苦无报国之门。

全诗寄景抒情，将国家的动荡、自己的感怀和眼前之景融合在了一起，相互渗透，用字凝练，对仗工整，语势雄壮，意境宏阔深远，充分体现了诗人沉郁顿挫的诗风和爱国情怀。

> 星垂平野阔，
> 月涌大江流。

联语出自唐代诗人杜甫《旅夜书怀》："细草微风岸，危樯独夜舟。星垂平野阔，月涌大江流。名岂文章著，官应老病休。飘飘何所似，天地一沙鸥。"诗人借写旅途风情，感伤老年多病、漂泊无依的心境。

首联写江夜近景：微风吹拂着江岸上的细草，竖着高高桅杆的小船在月夜孤独地停泊着。当时杜甫离开成都是迫于无奈。这一年的正月，他辞去节度使参谋职务，四月，在成都赖以存身的好友严武死去。处此凄孤无依之境，便决意离蜀东下。因此，这里不是空泛地写景，而是寓情于景，通过写景展示他的境况和情怀，像江岸细草一样渺小，像江中孤舟一般寂寞。

颔联写远景，为千古名句："明星低垂，平野广阔；月随波涌，大江东流。"这两句写景雄浑阔大，历来为人所称道。诗人以乐景写哀情的手法，写辽阔的平野、浩荡的大江、灿烂的星月，恰恰反衬出他孤苦伶仃的形象和颠连无告的凄怆心情。

颈联正话反说，抒发休官的忧愤。诗人的名声因文章而显赫，告病辞官，皆是由于被排挤、远大的政治抱负长期被压抑而不能施展，表现出诗人心中的不平，同时揭示出政治上失意是他漂泊、孤寂的根本原因。尾联诗人感叹飘然一身像什么呢？就像广阔天地间的一只沙鸥罢了。诗人即景自况以抒悲怀。水天空阔，沙鸥飘零；人似沙鸥，转徙江湖，声声哀叹，一字一泪，感人至深。

这首诗不也是我们每个"打工人"的写照吗。年轻时追求名利，总觉得未来会变得不一样，还有大把的时间去实现理想。可有一天，就算功成名就，也会发现自己丢失的东西更多。比如家人的陪伴，青翠的年华，以及曾经的一点点纯真，和一个回不去的故乡。

野旷天低树，
江清月近人。

此联出自唐代著名诗人孟浩然的《宿建德江》："移舟泊烟渚，日暮客愁新。野旷天低树，江清月近人。"孟浩然一生大部分时间在家乡鹿门山隐居，四十多岁时曾往长安、洛阳谋取功名，并在吴、越、湘、闽等地漫游。晚年张九龄为荆州长史，聘他为幕僚。该诗作于漫游吴越之时。

"野旷天低树，江清月近人。"诗人以一个对句铺写景物，似乎要将一颗愁心化入那空旷寂寥的天地之中。日暮时刻，苍苍茫茫，旷野无垠，放眼望去，远处的天空显得比近处的树木还要低。"低"和"旷"相互依存、相互映衬。夜幕降临，明月高悬，映在水中，和舟中的人是那么近，"近"和"清"也是

第三篇　对联中的湖光山色

相互依存、相互映衬。这种极富特色的景物，只有人在舟中才能领略得到。好似诗人发现，一轮孤月此刻和他是那么亲近，寂寞的愁心似乎寻得了慰藉。

水清鱼读月，
山静鸟谈天。

这是晚清官员康熙皇帝的老师吴恒（1649—1717年）所题杭州孤山白沙堤竹素园联。现代书画家、美术史论家、文学家、实业家陈定山亦将此联题于台北阳明山。

寥寥十字，山水之清静雅致与联家之精神意趣无不毕现。水清见底，鱼赏月景；山空林静，鸟闲谈天，清幽迷人。此联最有味者，为"鱼读月""鸟谈天。"谈天，本为人事难及鸟也；读月，于人少有而况鱼乎？然虽近荒唐，细思则殊为有趣，似是作者在代鱼"读月"，代鸟"谈天"，又似清月现鱼真可读之。此乃奇趣，反常合道，妙不可言。清丽的词句，优美的意境，读来不仅妙趣横生，更能令人回味无穷。

这副对联采用了楹联中衬托和比拟相结合的艺术手法，将山和水两种不同的自然景观，互相衬托，巧妙地结合起来，并作了形象而又生动的比拟。

上联中的"读"字妙极了。"鱼读月"本是动景，和"水清"相互衬托，巧妙结合，又反过来加深了对水的清澈程度的渲染。当空皓月，印在清澈的湖底，鱼儿悠闲地在水中漫游，就好像游于月亮之上，认真欣赏月亮上的醉人景色，又好像是趴在月亮上"读"点什么。鱼儿啊鱼儿，你是不是读出了月宫的寒意？你是不是读出了嫦娥的寂寞？你是不是读出了玉兔的忠诚？

下联以山谷之空灵，树木之"宁静"作参照来突出"鸟"轻声细语之"谈天"。二者互相衬托，相得益彰。美丽的月色下，水是那么的清澈美丽，山是异常的空灵幽静，连鸟的私下"谈天"也听得清清楚楚。正因为山谷的"静"，更突出鸟儿的"谈"。对联用形象生动之比拟，有静有动、以动衬静、动静结合的艺术技巧，使对联充满着诗情画意，给人一种环境优美、清幽深邃、世外桃源的感觉，产生出不同寻常的艺术效果，创造了一种充满着诗情画意的清幽深邃的美妙境界。

此联最耐人寻味的还是"清静"。这副对联还采用了"藏字"的艺术技巧。所谓藏字，就是作者把要表达的意思用字藏入联内，让人细心体会，慢慢思索，

是一种构思精巧的艺术手法。在这副对联中，作者在上联中藏了一个"清"字，下联中藏着一个"静"字，连起来就是"清静"。这二字的确对突出主题起了画龙点睛的作用，但这绝不仅仅是作者对山水环境清幽优美的溢美之词，更是流露出作者在经过大半生奋斗、到了暮年之际，那种对清静舒逸生活的向往，流露出一种追求清逸和超脱世俗的情感。一语双关之高妙，对联又何尝不是在写超脱恬淡之人，坐观一池水月，与鱼游共读清净呢！人的一生，最难的是"清静"，"真"清静。

零落槿花雨，
参差荷叶风。

此联出自晚唐最具影响力的诗人之一的许浑（约791—858年）《寻周炼师不遇留赠》"闭门池馆静，云访紫芝翁。零落槿花雨，参差荷叶风。夜棋全局在，春酒半壶空。长啸倚西阁，悠悠名利中。"中的颔联。

许浑有一次访友不遇，便留赠了这首诗，表达了作者对隐居生活的向往。首联介绍诗人出访受阻，在春意融融、花开烂漫之时，诗人兴致高涨地去寻师访友，却发现周炼师大门紧锁。"云访"二字传达出隐者居所的幽静，仿佛身在云端。

此联乃千古名句，生动地描绘了馆舍旁边的景物。春雨过后，槿花零落；微风轻拂，荷叶参差。花儿逐渐凋谢，既点明时逢暮春，又委婉地抒写了作者心头淡淡的愁情。槿花朝开暮落，花期极其短暂，李商隐曾有诗句"可怜荣落在朝昏"。人们经常会由花儿凋谢，联想到青春难驻，以此悲叹人生苦短。作者在颔联采用了双声对，读起来很有乐感，也灵动地展现出这些植物的姿态。

颈联抒写了周炼师潇洒自如的生活画面。隐者夜间与高手对弈的棋局，依然完整地呈现在此，酒壶却空了一半。对弈双方一边谈笑风生，一边开怀畅饮，他们心中毫无牵挂，也不见半点忧愁。

诗人四处都寻不见人，心中有些遗憾，却并不觉得失落，结尾表达出作者对隐居生活的强烈向往。不知自己何时可以脱离名利的枷锁，也像周炼师那样，过着怡然自得、不必寄人篱下、无需看人眼色的恬淡悠闲日子。

第三篇　对联中的湖光山色

水木荣春晖，柳外东风花外雨；
江山留胜迹，秦时明月汉时关。

1985年春节前，中央电视台《文化生活》组、中华书局《文史知识》编辑部、中国楹联学会、共青团北京市委文体部、《北京政协报》联合举办"第三届迎春——长城主题征联"活动。该联是一等奖作品，作者为喻春松。上联集自李白的《春日独酌》和元代张弘范《新燕》；下联集自孟浩然《与诸子登岘山》以及王昌龄之《出塞》句。不愧是当代对子高手！

"水木荣春晖"出自唐代伟大诗人李白的组诗作品《春日独酌二首》，其一："东风扇淑气，水木荣春晖。白日照绿草，落花散且飞。孤云还空山，众鸟各已归。彼物皆有托，吾生独无依。对此石上月，长醉歌芳菲。"作于李白因贫病来当涂投其族叔李阳冰的第二年（宝应元年，762年）初春。组诗抒写作者对美好春光的爱惜之情，表达了作者一生仕途不顺和因年老求仙不得而产生"吾生无依"的孤独之意。

"柳外东风花外雨"出自元代张弘范《新燕》："海棠开后月黄昏，王谢楼台寂寂春。柳外东风花外雨，香泥高垒画堂新。"

"江山留胜迹"出自唐代孟浩然《与诸子登岘山》："人事有代谢，往来成古今。江山留胜迹，我辈复登临。水落鱼梁浅，天寒梦泽深。羊公碑尚在，读罢泪沾襟。"

"秦时明月汉时关"出自唐代著名"边塞诗人""七绝圣手"王昌龄《出塞二首·其一》："秦时明月汉时关，万里长征人未还。但使龙城飞将在，不教胡马度阴山。"

层阁凭雷殷，
长空面水文。

此联取自杜甫的《江阁对雨有怀行营裴二端公》"南纪风涛壮，阴晴屡不分。野流行地日，江入度山云。层阁凭雷殷，长空面水文。雨来铜柱北，应洗伏波军。"的颈联。这首诗在怀念裴二，他是侍御史，唐朝称御史为端公。

唐大历三年（768年）秋，杜甫的好友韦之晋调任潭州刺史。穷困潦倒且年老体弱的杜甫前往长沙想投奔于他，好友却突然病故。杜甫在长沙求告无门，

衣食无着，不得不长时间居住在船上，有时也居于驿楼或湘江边的某个屋宇茅檐之下。在这种艰苦的生活条件下，将居无定所的"茅棚"称之"江阁"，展现出了杜甫乐观豁达的人生态度。次年，杜甫仙逝于洞庭湖上。

　　颈联"层阁凭雷殷，长空面水文"写雷声隐隐，"雷殷"：指隐隐然的雷声。

　　清代曹寅参与编撰的《全唐诗》，其中《南轩种竹》诗之三中有"水文帘外立晴昼，袅袅婷婷三十竿"的诗句。但这些文献中的"水文"，均指的是水的波纹，亦指如波纹的图形，与现代学科范畴的"水文"不同。

第四篇
对联中的故事

"故事"是文学体裁的一种，侧重于事件发展过程的描述，强调情节的生动性和连贯性，较适于口头讲述。无论是发生事件还是想象事件，无论是人是物还是神，都可以成为故事，可分为幼儿故事、童话故事、神话故事、民间故事等。本篇所选的水联均以故事的形式展开，故事中的人物基本都是历史名人，也有个别的是民间传说甚广却是虚构的人物，一并撷取在此，权当一乐也。

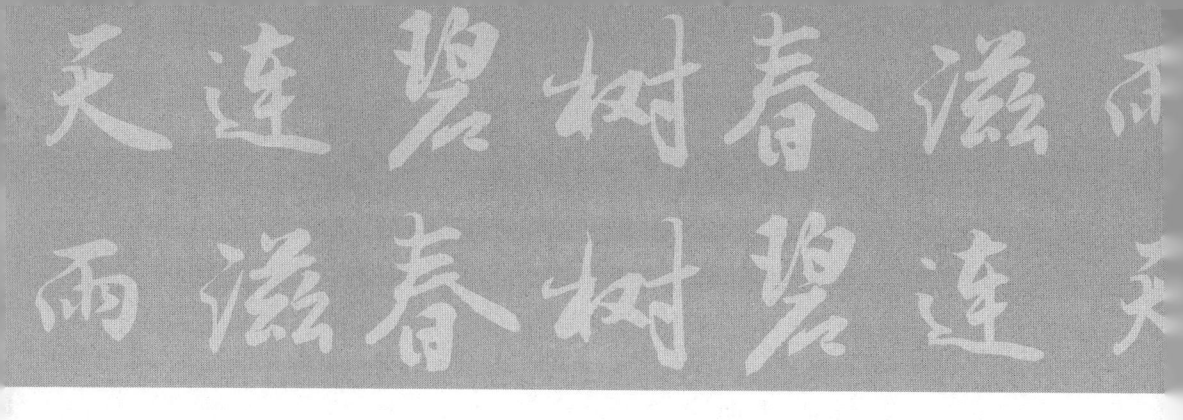

故事 1

"架一叶扁舟,荡两支桨,支三四片蓬,坐五六个客,过七里滩,到八里湖,离开九江已有十里;"

在江西九江民间流传着一则"老艄公难倒才子王安石"的故事。王安石(1021年12月18日至1086年5月12日),字介甫,号半山,宋抚州临川(今江西省抚州市)人,"唐宋八大家"之一,中国名相。北宋著名思想家、政治家、文学家、改革家。"王安石变法"是我国历史上著名变法之一。

王安石自幼聪颖,读书过目不忘,然年少成名,心高气傲。到十七八岁时,便觉得自己在临川吟诗作对已无对手,文字无双。于是便想走出去到更广阔的天地,会会天下名士。一日他来到九江,想从九江乘船离开江西。在船上,老艄公听说他是王安石,也知道这个小伙子非常有才,便说我出一句子你来对可好?王安石见是驾船的老头,头都没抬,只是哼了一声:"随便吧。"完全没把老头看在眼里,不屑一顾。于是老头慢慢念出了上联:"架一叶扁舟,荡两支桨,支三四片蓬,坐五六个客,过七里滩,到八里湖,离开九江已有十里;"

王安石听完哈哈一乐,这也太小儿科了,不就是个数字联吗?但仔细一想,上联中从一到十数字都用了,描述的内容也是非常完整,相互关联、环环相扣。并且七里滩、八里湖、九江,都是九江附近的地名。他苦思冥想,终

插图 林梨

第四篇　对联中的故事

不得下联，羞愧难当。于是他叫船家停下，付了双倍船钱，下船回家潜心苦读，终成一代宗师。

后来许多人都试着对出了下联。选摘如下：

"经十年寒窗，当九品官，看八旗七景，思六朝五代，过四重关，回三国里，接近两汉还剩一年。"

"飘亿丝春雨，飞万点花，思千百年事，蒸十几颗豆，取一串钱，沽半壶酒，饮近微醉更是无言。"

第二联中的"半""无"虽非数字，却是"二分之一"和"零"的意思；"微"亦非数字，但却是角度、弧度的单位，一秒的六十分之一。在古代亦表示气象、节令变化的时间单位，五日为一微。上联从一到十，下联从亿到零，叙事完整，着实不易，堪称精品。只是略有头重脚轻之嫌。

故事 2

"一岁二春双八月，人间两度春秋；"

这是苏东坡被贬去黄州时，王安石亲自去送他，所出的对联上联。

那一年闰八月，正月和腊月都有立春。是不折不扣的两度春秋。另外，对联的第四字与第十二字都是"春"字，要求下联也具备同样的特征，难度极大。苏东坡虽是奇才，但碰到这种怪题，至死也未能对出。据说直到几百年之后的清代中叶，对联专家梁章钜才给出了一个令人满意的下联：

"六旬花甲再周天，世上重逢甲子。"

王安石送苏东坡时还出了另外一个上联：

"七里山塘，行到半塘三里半；"

水韵联趣

苏州金阊门外至虎丘,这一段路叫做山塘,约有七里,中间有一个叫半塘的地方,苏东坡不久前曾路过此地,但仍然尴尬无对。后来,苏东坡调回京师时途中游览了一个叫九溪蛮洞的地方,灵感触动对出了下联:

"九溪蛮洞,经过中洞五溪中。"

"五溪"正好位于"九溪"中间,非常工整。

故事3

走马灯,灯马走,灯息马停步;
飞虎旗,旗虎飞,旗卷虎藏身。

书法　英爱文

说起王安石的对联故事,就不得不提到"囍"字来历的上边这副对联。

"囍"字是婚宴喜庆必用的一个吉祥字,关于这个字还有一个有趣的传说,它与我国的一代名相王安石有关。"洞房花烛夜、金榜题名时"是人生的两大喜事,而王安石因一副对联得此两喜,双喜临门。"囍"字因此而生。

王安石23岁那年进京赶考,途经马家镇时,天色已晚,便留在镇上歇息。吃罢饭后,闲来无事,上街闲逛,只见一个大户人家的宅院外面挂着一盏走马灯,灯光闪烁,分外耀眼。他走近细看,见灯上写作上联:

"走马灯,灯马走,灯息马停步;"

经打听方知马员外家有一女儿才貌双全,对员外说她的夫婿一定要才学过人。于是员外才想出比才(联)选亲之策。王安石看罢,拍手连称"好联!好联!"好是好,但却难住了大才子。

第二天王安石赶到京城赴考,试卷中有一题对对联:

第四篇　对联中的故事

"飞虎旗，旗虎飞，旗卷虎藏身；"

王安石脑中立刻浮现出马员外家走马灯上的上联，不假思索地写道："走马灯，灯马走，灯息马停步。"考试结束，王安石马上回到马家镇马员外家，将下联"飞虎旗，旗虎飞，旗卷虎藏身"奉上。

马员外接过对联一看，构思巧妙、对仗工整，很是满意。于是把王安石请至府上款待。马家小姐破例相见，且再出一联：

"天连碧树春滋雨，雨滋春树碧连天；"

王安石心中暗暗佩服小姐的才学，好个回文对啊，正读、反读一样，且上联的两句又自成一对。难度不小！王安石何许人也，略一思索，对道：

"地满红香花连风，风连花香红满地。"

马员外连说三声："妙！妙！妙！"一指对联对得妙，二赞王安石真是才学出众，三喜小女能找到这么一表人才的夫婿，真是妙不可言。马小姐也是称心如意。马员外决定把女儿许给他，并提出择吉日在马府完婚。

结婚当天，马府上上下下张灯结彩，喜气洋洋。正当新郎新娘拜天地时，有报子来报："王大人金榜题名，高中状元，明日请赴琼林宴！"真是喜上加喜，马员外大喜过望，再放鞭炮无数。

面对双喜临门，王安石带着八分醉意，挥毫在红纸上写了一个大大的"囍"字，让人贴在门上，并随口吟道："巧对联成双喜歌，马灯飞虎结丝罗。"

从此，"囍"字便被传开了，"囍"字和结婚时贴红双喜，在我国民间流行开来，直到如今。"囍"读"喜"，但人们习惯念作"双喜"或"红双喜"，可能是汉字中唯一广泛使用的多音节字。

故事 4

"游西湖，提锡壶，锡壶落西湖，惜乎锡壶；"

水韵联趣

"登武夷,观武艺,武艺惊武夷,悟矣武艺。"

这个上联出自民间故事,为苏东坡所出,近千年来难觅好的下联,因而被人们称之为"绝对"。话说,苏东坡在担任杭州知府时,与一群文人仕子乘船游览西湖,一行人觥筹交错间,赏景交谈,吟诗作对,心中甚欢,好不热闹。这时,一个歌女提着锡壶过来给苏东坡倒酒的时候,不慎酒壶滑落,掉进了西湖中。苏东坡善于借景题对、触景题诗,哪里会放过这么好的题材,于是沉思片刻,口中就吟出了一个上联:

"游西湖,提锡壶,锡壶落西湖,惜乎锡壶;"

众人面面相觑,无对以答。此上联意思简单,但难就难在"西湖""锡壶""惜乎"均为同音。苏轼沉思良久,摇头叹息,自己也无法对出下联,至死也没能对出。20世纪80年代末,曾看到一则故事,说是有一年武夷山举办了一次武术大赛,一位记者想起苏东坡的千古绝对,悟出下联:

"登武夷,观武艺,武艺惊武夷,悟矣武艺。"

原作为"武艺遍武夷"。作者认为"惊"字比之"遍"字似是更好。一来与上联平仄相对,再则,锡壶"落"西湖让人听到"咕咚"的"水声",而武艺"惊"武夷也让人看到武夷山那吃惊的"表情",和上联一配,真的就是"声情并茂"。"武夷"指武夷山,"山"对"湖"甚好,"悟矣"对"惜乎",虚词相对更是十分难得。本人认为记者此对为上佳之作。以下诸多下联中,笔者认为"拂蚕叶,近残夜,蚕叶飘残夜,惨也蚕叶"亦为佳对。

拂蚕叶,近残夜,蚕叶飘残夜,惨也蚕叶。
登南山,披男衫,男衫丢南山,难善男衫。
寻进士,遇近视,近视中进士,尽是近视。
吃枇杷,弹琵琶,枇杷砸琵琶,噼啪琵琶。
过南平,卖蓝瓶,蓝瓶得南平,难得蓝瓶。

第四篇 对联中的故事

故事 5

狗啃河上骨,
水流东坡诗。

此联出自一个妙趣横生的斗智谐音联的故事。

一天,苏轼去拜访好友佛印大师。刚一进寺,苏轼便高声道:"秃驴何在?"佛印忙迎出来,淡定地一指远方,答道:"东坡吃草!"二人相视一笑,相约去河边散步。忽见一条黄狗正在河滩上啃骨头,苏东坡顿有所悟,就想捉弄一下对方。他用手一指,随口说道:"狗啃河上骨"。佛印一听,顿显尴尬。心想,好你个苏东坡,表面上说是狗在河滩上啃骨头,其实是"狗啃和尚骨",在咒骂我呀。好个才思敏捷的大师,自然不能吃这哑巴亏,他随将自己手中题有苏东坡诗句的扇子抛入水中,见扇随水流走,颇为遗憾地说:"水流东坡诗",心笑:"水流东坡尸"。两人面面相觑,棋逢对手,不禁大笑起来。

故事 6

苏轼有许多的对联故事。话说北宋时期,宋辽两国连年征战,经澶渊之盟后,宋辽维持了相当长的和平阶段,边境地区鲜少发生战争,两国之间也经常互派使者。有一次,辽国使臣奉命来到宋国,在宴会之上想要突显辽国的威风,就趾高气扬地说道:"听闻宋朝人才济济,想必各位皆文采斐然,现有一副上联,不知能否指教一二?"辽使还挑衅,宋若对上即为上邦,否则便为下邦。天子传旨有能对者加官晋爵。辽使出联:

"三光日月星;"

众位大臣皆面面相觑,无法应答。为何辽国使臣出了的这个上联,让满腹才学的众多宋朝官员集体"失声"呢?正是由对联这一艺术形式的特殊性所决定的。此联看似简单,实则难度很大。因为,联语中的数量词,一定要用数量词来对。上联用了个"三"字,下联就不应重复,而"三光"之下只有三个字,

"日月星"为三种发光体,为"三光"。因此,无论你用哪个数目来对,下面跟着的字数,不是多于三,就是少于三。但苏轼毕竟是翰林学士,既满腹经纶,又才思敏捷。只见苏轼微微一笑,缓步走来,对使臣说道:

"四诗风雅颂。"

此句一出,震惊四座,满朝赞叹不已。

既是"四诗",为什么只有风、雅、颂"三诗"呢?妙就妙在这里。"四诗"虽只有风、雅、颂三个名称,但原《诗经》中《雅》这一部分,又可分为《大雅》和《小雅》。辽使虽然高傲,却也是才富五车,自然明白其中的妙处,听了哑口无言,连连点头,高!高人!不愧是苏轼!却值此时,雷雨大作,苏东坡又补了另一联:"一阵风雷雨",使者称赞不已。

不日,辽使专门拜会苏轼。提起朝堂对联之事,辽使再三叹服。苏轼又对出几个下联:

三光日月星,四德元亨利。
三光日月星,两朝兄弟邦。
三光日月星,六脉寸关尺。
三光日月星,一官归去来。
三光日月星,九章勾股弦。

辽使佩服得五体投地。本以为自己的上联无人能对,不承想苏东坡居然对出了八个下联。

"四德元亨利":元亨利为何也只有"三"呢?原来,"四德"本为"元亨利贞",但当朝天子宋仁宗名赵祯,"贞""祯"同音,必避讳是也。

"两朝兄弟邦":宋朝为汉族政权,辽国为少数民族政权,两国应该友好相处,成为兄弟邻邦。

"六脉寸关尺":寸关尺三部位的脉搏,分别称寸脉、关脉、尺脉。左手寸脉候心,关脉候肝,尺脉候肾;右手寸脉候肺,关脉候脾胃,尺脉候命门。两手"寸关尺",恰"六脉"。不得不佩服苏东坡学识太渊博了。

第四篇 对联中的故事

"一官归去来":辞赋篇名。魏晋南北朝诗人陶渊明所作《晋书·陶潜传》:"执事者闻之,以为彭泽令……郡遣督邮至县,吏白:'应束带见之。'潜叹曰:'吾不能为五斗米折腰,拳拳事乡里小人邪!'义熙二年,解印去县,乃赋《归去来》。"后用为归隐之典。

"九章勾股弦":"九章"指《九章算术》,是一本数学专著,作者不详。由西汉早期著名数学家张苍、耿寿昌所撰写,成于公元一世纪左右。其《九章算术》中首次记载了勾股定理:勾平方+股平方=弦平方。

故事 7

松下围棋,松子每随棋子落;
柳边垂钓,柳丝常伴钓丝悬。

这副对联虽无水,然而垂钓,自然与水关联。苏轼与黄庭坚常下棋取乐。春暖时节,一次两人在黄府松树下下棋,一阵风吹来,松枝摇曳,松果落入棋盘,苏轼得句道:"松下围棋,松子每随棋子落。"黄庭坚见一渔翁在柳边垂钓,脱口吟出下联:"柳边垂钓,柳丝常伴钓丝悬。"上下联信手拈来,平中出巧,自然贴切,两文豪不禁相视一笑。

苏轼面对棉絮般的柳花,即景又吟出一上联:

"杨柳花飞平地上,滚将春去;"

黄庭坚尽管才思敏捷、学富五车,但一时也觉大脑断片,苦思不得下联,一直让他耿耿于怀。直至深秋,两人在苏府梧桐树下下棋,一阵风来,梧桐叶落。黄庭坚大叫:"我有下联了!"

"梧桐叶落半空中,撇下秋来。"

此下联与上联对仗工稳,天造地设,形象生动,堪称妙对。

水韵联趣

故事 8

古人为了做好文章,十分注重"炼字"。"炼字"又称"炼词",就是为了表达的需要,在用字遣词时进行精细的锤炼"推敲"和创造性的搭配,使所用的字词获得简练精美、形象生动、含蓄深刻的表达效果。古人对炼字都很重视。苏轼对此深有体会,说:"诗赋以一字见工拙。"南宋诗论家、诗人严羽《沧浪诗话》中说:"一字妥帖,这全篇生色。"

提到"炼字",同属"唐宋八大家"的"三苏"(苏洵和他的儿子苏轼、苏辙)也有一个有趣的故事。话说一次在家,苏洵以"轻风( )细柳,淡月( )梅花"为题进行填字游戏,说出诗眼。老父先来:"轻风(摇)细柳,淡月(映)梅花。"苏轼不假思索,张口就来:"轻风(舞)细柳,淡月(隐)梅花。"苏辙接着说:"轻风(唱)细柳,淡月(和)梅花。"这回,轮到小妹苏轸(zhěn)了,传说苏小妹(传说中的人物)十分有才学,甚至不输二位兄长。小妹一笑,随口而出:"轻风(扶)细柳,淡月(失)梅花。"说完,大家连声称妙,拍手叫绝。

轻风(摇)细柳,淡月(映)梅花。——苏洵
轻风(舞)细柳,淡月(隐)梅花。——苏轼
轻风(唱)细柳,淡月(和)梅花。——苏辙
轻风(扶)细柳,淡月(失)梅花。——苏小妹

老父评说:"我们几个所填之词,虽然妥帖,各有千秋,然而只有小妹的'轻风(扶)细柳,淡月(失)梅花。'堪称上品。""摇""舞"当与"狂风"相配才妥帖,下句中添"映"全无朦胧之美,"隐"也欠贴切。"唱""和"固然雅致,但仍难比"扶""失"。"轻风"徐徐,若有若无,"细柳"动态不显,唯有"扶"字才恰到好处地形象地描绘出清风徐来,柳枝拂然的柔态,与"轻""细"相宜,和谐自然。"扶"字又把风拟人化了,似一少女轻摆细腰、手扶翠柳,给人以一种柔美之感。既然恬静的月光已经辉满天地,梅花自然就没有白天那么显眼。在月光照映下,也就黯然"失"色了。这样,一个"失"字,就勾画出了月色和梅花相互交融的情景。一看此字,满句生辉。

故事 9

炼字名句，自然少不了宋代王安石的"春风又绿江南岸"。此句出自王安石《泊船瓜洲》："京口瓜洲一水间，钟山只隔数重山。春风又绿江南岸，明月何时照我还？"这一千古名句，家喻户晓、妇孺皆知。诗中的"绿"字用得非常巧妙，自古以来广为称道，亦为王安石这首《泊船瓜洲》的诗眼，也是古人"炼字"的范本。据南宋洪迈《容斋随笔》续笔卷八记载，王安石先用"春风又'到'江南岸"，后来将"到"改为"过"字，读了几遍，又嫌不好；又改为"入"字，然后又改为"满"字，换了十多个字，最后才确定为"绿"字。"春风又绿江南岸"的"绿"字真是妙笔生花，"绿"字本是一个表征颜色的形容词，用在诗中变成了使动用法的动词，有色彩感和动态感，给人以视觉上的形象美。

从修辞上讲这是一种移觉手法，也叫通感。风一般只能以听觉和感觉辨别，但春天却是惠风和畅、吹面不寒、过耳无声的。现在用"绿"去描写它，将十分不易传达的听觉、感觉化为视觉，既见春风的到来，又表现出春风到后江南水乡的变化，一派生机，欣欣向荣，给人以强烈的美感享受。

故事 10

要说最为有名的炼字，当"推敲"二字莫属。

鸟宿池边树，
僧敲月下门。

这是唐朝诗人贾岛的两句诗，也是极工的一副对联。贾岛是唐朝著名的苦吟派诗人。所谓"苦吟派"，就是为了一句诗或是诗中的一个词，不惜耗费心血，花费工夫。

贾岛曾做了一首诗，诗成之后的很长一段时间，对其中一处拿不定主意，那就是"僧'推'月下门"。有时觉着"推"合适，有时又认为不如"敲"好。一次他骑驴走在路上，心里还在想着那句诗，嘴里"推——敲，推——敲"地念叨着，不知不觉就闯进了吏部侍郎韩愈的仪仗队里。韩愈问贾岛为什么乱闯。

贾岛就把自己做了一首诗，但是其中一句拿不定主意是用"推"好，还是用"敲"好的事说了一遍。韩愈听了，哈哈大笑，对贾岛说："我看还是用'敲'好，万一门是关着的，推怎么能推开呢？再者去别人家，又是晚上，还是敲门有貌呀！而且一个'敲'字，使夜静更深之时，多了几分声响。静中有动，岂不活泼？"贾岛听了连连点头。他这回不但没受处罚，还和韩愈交上了朋友。

这就是"推敲"一词的来历。"推敲"从此也就成为了脍炙人口的常用词，用来比喻做文章或做事，反复琢磨，反复斟酌。

故事 11

闭门推出窗前月，
投石冲开水底天。

《三言》中有一篇《苏小妹三难新郎》，讲的就是这个对联故事。

苏小妹貌虽不美，却是才女。新婚之夕，贺客散后，新郎要进洞房，小妹不许，向新郎提出条件称：若能闯过三道难关，她才开门。

前两关新郎都通过了，于是小妹提出了第三个考题，是个上联："闭门推出窗前月"。比喻恰切，语意双关，极妙，也就很难对上。新郎秦观，平时虽有才名，一时也难对上。小妹的哥哥是诗词文三绝的苏东坡，早就料到小妹不好惹，新郎会遇到难题。因而悄悄地在附近观察窃听。这时他看到，新郎在新房外的小庭内，皱着眉头，徘徊觅句。新婚之夜却不得入洞房，甚是悲惨。于是拾起一块小石头，投进水池里去。新郎微微吃了一惊，但马上得到了启示，想出了好句，就高兴地走到窗前，大声说："对上了，对上了。""投石冲开水底天"。于是小妹一笑，洞房门开。新郎的对句也妙在语义双关。

故事 12

四水江第一，四时夏第二，先生来江夏，谁是第一，谁是第二？
三教儒在前，三才人在后，小子本儒人，岂敢在前，岂敢在后。

第四篇　对联中的故事

这副对联难度极大，上下联均是语义双关。此联是晚清两位文学大家张之洞和梁启超（1873年2月23日至1929年1月19日，文学家，戊戌变法领袖之一，中国近代维新派、新法家代表人物，倡导新文化运动）所对，虽不能明确地看到硝烟四起，却能清楚地感觉到文思泉涌，傲骨铮铮。

在张之洞任湖广总督的某年，梁启超到武昌讲学，虽然梁启超学富五车、誉满神州，但来到武昌也不敢对前辈张之洞有所怠慢。这日，他到张府拜访，张之洞设宴招待。自古文人相轻，张之洞和梁启超也是如此，他们虽然表面上客客气气，斯斯文文，暗地里却是憋着劲儿，谁又能服谁呀。席间张之洞指着桌中间的鲈鱼，随口说道：

"鲈鱼四腮，独占江南一席；"

梁启超一听心里就明白了，心想你作为湖广总督这么多年（共任职十八年），确实在江南有着庞大的实力和极大的影响力，是名副其实的江南王，但想要以此来镇住我，且慢！他扫了席上一眼，拿起一只螃蟹放到自己的盘中，微微笑道：

"螃蟹八足，横行天下九州。"

不仅对仗极为工整，而且霸气无双。酒过三巡，菜过五味，这时张之洞又笑着拿起酒樽，说道："四水江第一，四时夏第二，先生来江夏，谁是第一，谁是第二？"说完便一饮而尽。从字面上看，这里的"四水"指的是古代的江、河、淮、济，而古时的江、河则专指长江、黄河，淮为淮河，济则为济水（1855年济水因黄河改道而消失），其中长江排在首位，是为"四水江第一"。春夏秋冬四季中，夏季排在第二位，则有"四时夏第二"。"江夏"则是武昌的旧称。既然江第一、夏第二，那么"江夏"呢？"谁是第一，谁是第二？"虽然表面上张之洞客客气气地称梁启超一声"先生"，心里却是在暗示对方，作为湖广总督，新洋务运动的领军人物，别看你"横行天下九州"，自己才是第一。

梁启超沉思良久，低声吟道："三教儒在前，三才人在后，小子本儒人，岂敢在前，岂敢在后。"其中"三教"指的是儒、释、道，"儒"指的是儒家，是孔子开创的学派，也称儒教，曾长期作为中国官方意识形态存在，居于主流思想体系地位；"释"是古印度释迦牟尼创立的佛教，又称释教；"道"指的产生

于中国的传统宗教道教。三教中儒教排在前面。"三才"则是指天、地、人，人排在最后。梁启超在张之洞面前的确是晚辈，对方却称自己为先生，他也不敢托大，放低身段，自称"小子"，儒人也是古代知识分子的常用自称。看似恭恭敬敬，实则绵里藏针。他巧妙地回应了上联中"谁是第一？谁是第二？"的难题，自己虽没有说是第一，却"岂敢在后"，怎能甘为第二。

真是棋逢对手。

故事 13

风紧林密，问樵夫何处下手？
山高水深，劝渔翁及早回头。

竹本无心，节外偏生枝叶；
藕虽有孔，心中不染污泥。

这两副对联出自东晋谢灵运（385—433 年，诗人、文学家，中国"山水诗派"鼻祖）的一个故事。谢灵运任永嘉太守时，常外出体察民情。一日到景宁鹤溪山村，宿溪边一客店，吃罢晚饭，正拥被于床上看书，"噔……"一阵脚步声，有人来给他送茶。谢灵运抬头一看，见一个十五六岁姑娘，打扮朴素，一条丝带扎着满头秀发。他就随口吟道：

"六尺丝带，三尺缠头三尺挂；"

不料，姑娘朝谢灵运淡淡一笑，便答：

"一床棉被，半床遮身半床闲。"

谢灵运大吃一惊，想不到姑娘有如此才学，对仗如此工整。一回味，姑娘莫非对我有意？我男你女，怎好说我棉被半床闲？不禁想入非非。便道：

"风紧林密,问樵夫何处下手?"

姑娘一听,知道刚才随口所对,让先生误会了,以为我轻浮,马上答道:

"山高水深,劝渔翁及早回头。"

谢灵运一听,知其所对并非轻飘,乃无心所对,叹气道:

"竹本无心,节外偏生枝叶;"

姑娘从容答道:

"藕虽有孔,心中不染污泥。"

答罢,泡好茶,带上房门下楼。谢灵运目送姑娘离房,暗暗佩服姑娘的才学,自言自语道:

"山高溪小,偏出如此奇女。"

姑娘在楼梯上听到,便朗声答道:

"地僻村贫,莫嫌怠慢贵宾。"

留下联林佳话。

故事 14

扇描黑龙,呼风不能唤雨;
鞋绣金凤,着地那堪登天?

此联传为明代皇帝朱元璋与马皇后所对。朱元璋有"对联天子"的雅称，他的妻子马氏也颇能对对联。一日，马皇后为了照顾皇上，使他从倦意中解脱出来，见皇上扇子上画了一条黑龙，便以之为题出了上联"扇描黑龙，呼风不能唤雨"。

朱元璋品味着皇后的上联，忽见皇后穿着一双绣有金凤的绿色缎面鞋，即对道："鞋绣金凤，着地那堪登天？"

此联着实有趣，二人嬉戏欢笑，好个龙凤和鸣。皇后才貌双全，无愧于人中之凤。皇上朱元璋虽出身贫寒，但也不愧为"对联天子"。龙本能"呼风唤雨"，可是画在扇子上，您这条"龙"（皇上为真龙天子）怎能唤雨？只能呼（扇）风了。凤本来可以"凤飞九天"，但绣在鞋上您这只"金凤"也只能着地，哪能上天呢？夫妻二人大笑不已，朱元璋消除了倦意。

故事 15

千年古树为衣架，
万里长江作浴盆。

此联出自民间流传的解缙小时候与父亲对对子的故事。解缙（1369年12月6日至1415年2月22日），江西吉水人，明代大臣，文学家。主编《永乐大典》，官至内阁首辅、右春坊大学士。明成祖朱棣称赞解缙是"大明第一才子"。解缙作为一个学富五车、才高八斗的文人，和后来清代乾隆朝的大学士纪晓岚一样，都非常风趣幽默，喜欢吟诗作赋，舞文弄墨，为后世留下了很多文坛佳话，名留青史。二人均极善对联，可谓"对联大师"。

解缙年幼时，有一次和父亲一起到长江边洗澡。当时他的父亲有意考考他，所以换衣时把衣服挂在江边的一棵古树上，说"千年古树为衣架"，解缙虽年少却很聪明，他马上跳进江水里回了下联"万里长江作浴盆"。上联拿千年老树当挂衣服的架子，下联用万里长江当洗澡盆，着实夸张，但的确应时应景，对仗工整，气度不凡。从中可以隐约领略到李白的"白发三千丈""飞流直下三千尺"的夸张手法。有人说此联表明了解缙从小志向远大，想要有一番作为的理想，但也许这仅仅是解缙的应景之作。

第四篇　对联中的故事

故事 16

一盏清茶，解解解元之渴；
七弦妙曲，乐乐乐师之心。

明洪武二十年（1387年），年仅十八岁的解缙参加江西乡试，结果力压众人，成了第一名，也就是"解元"。

解缙年轻气盛，又高中解元，难免心高气傲，目中无人。一次解缙和几个朋友，一起到一家酒楼饮酒作乐，吟诗作对。当时，一个饱读诗书的美貌女子，知道了这个就是才华横溢的新科解元解缙，年少狂傲，就想难为难为他。她奉茶来到解缙面前，说："听说您就是大名鼎鼎的解解元，小女子刚想了一句上联，请解元公赐教。"

解缙自恃才华过人，再加上女子娇滴滴的声音，令人心旷神怡，于是就欣然答应，并请女子出上联。女子笑着说出上联："一杯清茶，解解解元之渴。"解缙一听，大惊失色，一身冷汗，酒意全无。心说不妙，自己小看这个小女子了，对子高手啊！这句上联看似是在说一杯清茶，解了解缙的口渴，实则暗藏玄机。三个"解"看上去毫无区别，然而各不相同。这三个字不仅读音不同，且含义迥异，一语三关。第一个"解"，读（jiě）是解渴的意思；第二个"解"，读（xiè）是解缙的姓；第三个"解"，读（jiè），也就是解缙新中的"解元"。解缙何等聪明，自然知道这些文字游戏，但是要命的是，解晋虽然知道这个上联的含义和技法，却无法对出合适妥当的下联。只好在喝完茶之后匆匆离去。解缙在经过这次教训后，改掉恃才傲物、目中无人的缺点，也更加用功，在第二年就考中进士，步入仕途，从此步步高升，做到左春坊大学士和内阁首辅。不过，解缙一直到死也没有对出完美下联。

后来，许多文人雅士都试着对出下联，以下即是其一。

"七弦妙曲，乐乐乐师之心。"

第一个"乐"，读（lè）是动词，使……愉悦之意；第二个"乐"，读（yuè）是乐师的姓；第三个"乐"，读（lè），也就是"乐师"。三个"乐"和上联的三个"解"一样，意思各不相同。读解（jiě）渴和解（jiè）元的"解"，虽不同调却同音，

上下联完全吻合。清茶，妙曲，情景相融，可称上品。

类似的还有"半支秃笔，和和和尚之诗。"第一个"和"，读（hè）是动词，和诗之意；第二个"和"，读（hé）是和尚的姓；第三个"和"，读（hé），也就是"和尚"。三个"和"词性、意义和上联三个"解"一样，但上联是第二个读音不同，而此下联是第一个读音不同，稍有欠缺，但仍不失为妙对。且"秃笔"与"和尚"，也很有趣味。

还有一联"单张幺鸡，和（hú）和和尚所杠。"字面上似乎对得不错，但意境不够。

另有"五言绝诗，施施施主之才。""半盏浊酒，壮壮壮士其行。"等等，虽所对甚工，意境上乘，但三个"施"和"壮"不同义却同音，难称妙对。

故事 17

日落帝星出，海枯龙爪显；
山崩地太平，花谢籽团圆。

此联是解缙为皇上所作的解梦联。

一日早朝，皇帝坐在金銮殿上闷闷不乐，说是自己做了一梦，梦见"日落，海枯，山崩，花谢。"一大臣解梦说，此乃凶兆大不吉也。群臣战战兢兢，没人再敢说话。这时解缙施礼向前，道："皇上这是大大的吉梦啊。""吉从何来呀？"解缙解说："此梦兆明，帝星（紫微星）当空，真龙现身，天下太平，百姓团圆。""怎讲？"解缙回答"万岁，此梦其实是一副吉祥的对联啊，大吉之兆啊。"当他说出解梦联后，皇上大喜，重赏解缙。

故事 18

稻草抛秧父捆子，
竹篮提笋母抱儿。

在江西省吉水县，流传着许多神童解缙的故事，此联为解缙小时候与父亲所对，是历代流传的一副巧对，用的是比喻手法。竹子生笋，用竹篮装笋，如同"母"抱着"儿"；对句则更妙，巧用稻秧与稻草的先后关系，如同"父"捆着"子"。古联所用为"母怀儿""父抱子"，也是一种合乎自然的很好的对法。

故事 19

金水河边金线柳，金线柳穿金鱼口；
玉栏杆外玉簪花，玉簪花插玉人头。

此联是解缙对明成祖朱棣的联句。一日，皇上与众臣路过金水河，河边有柳树，河沿上有出水的金鱼头，朱棣略一沉思道："金水河边金线柳，金线柳穿金鱼口。"随行的众大臣思而无对。解缙稍加思索对出下联："玉栏杆外玉簪花，玉簪花插玉人头。"下联以四"玉"巧对上联四"金"，实属不易。上联以"金"为轴，显示皇上是"金"身；下联以"玉"对之，暗喻：我们这些臣子可都是无暇（喻"忠心"）之美"玉"（喻"人才"）啊，皇上尽可以重用且放心使用。皇上龙颜大悦，夸赞解缙是"大明第一才子！"纵观上下联，对仗工巧，珠联璧合。解缙"天下第一才子"的名号享誉九州。

此联还可以视作咏柳名联。柳树是江南常见的树种，又称水曲（渠）柳。"无心插柳柳成荫"。柳是文人墨客、历代画家经久不衰的题材，以柳入联者不少。

故事 20

柳线莺梭，织就江南三月景；
云笺雁字，传来塞北九秋书。

此联乃是明代中期大臣、内阁首辅顾鼎臣（1473年3月23日至1540年

11月4日）与其父的对句。明代进士顾鼎臣幼时聪明伶俐，有一天其父出上联："柳线莺梭，织就江南三月景。"顾鼎臣思考片刻后对道："云笺雁字，传来塞北九秋书。"其父听后甚为高兴。联中的"柳线莺梭""云笺雁字"为实写，后面联语皆为虚写，虚虚实实，回味无穷。出句和对句分别描绘的是春景和秋景，而不是一般的景物罗列。本联把特定的景物一一加以联系，"三月景"是由于莺穿梭在柳丝中飞行呈现的；"九秋书"是信在云笺（信纸）上由雁传递的。"织""传"二字是联中的关键词，用得极好。这与其说是一副对联，不如说更像是两幅优美的水墨画，而且是三维立体的水墨动画。

故事21

春风放胆来梳柳，
夜雨瞒人去润花。

这是郑板桥的自题厅堂联。"放胆""瞒人"是人才有的心理活动，却分别被赋予"春风""夜雨"。"梳柳""润花"也是人的动作。联语巧用比拟手法，词语得体，耐人寻味。

下面这副对联虽非水联，但却是咏柳名联，故一并采录。

燕入桃花，犹如铁剪裁红锦；
莺穿柳叶，恰似金梭织翠丝。

这是明代郭希贤与其父的对句。郭希贤少时聪颖过人。一日，他随父踏青赏春，其父见紫燕在桃林中飞舞，即景吟出一上联让儿子作对。上联云："燕入桃花，犹如铁剪裁红锦"，郭希贤不假思索地续了下联："莺穿柳叶，恰似金梭织翠丝"。上下联巧用妙喻"铁剪裁红锦""金梭织翠丝"，情景交融，吟联如赏画，妙趣横生。

第四篇 对联中的故事

故事 22

水车车水，水随车，车停水止；
风扇扇风，风出扇，扇动风生。

插图 林梨

此联为明代大才子唐寅与诗友祝枝山（祝允明）所对。唐寅（1470年3月6日至1524年1月7日），字伯虎，明朝著名画家、书法家、诗人。绘画上与沈周、文徵明、仇英并称"吴门四家"，又称"明四家"。诗文上与祝允明、文徵明、徐祯卿并称"吴中四才子"。

一日，唐伯虎同祝枝山到乡村游玩，看到农夫用水车（农村将水从低处扬到高处的装置，一般用于水田。分为两人为主的手动式和多人配合的脚踏式两种。）祝出对曰："水车车水，水随车，车停水止。"唐对道："风扇扇风，风出扇，扇动风生。"祝唐之对实属巧妙，传诵一时。

因生长于农村，对水车很熟悉，也使用过。"水车"为一专有名词，而"风扇"却不是。笔者遂以农村常用的扁担为题，斗胆对出下联：

"扁担担粮，粮压担，担颤粮摇。"

故事 23

无锡锡山山无锡，
平湖湖水水平湖。

这是一副连环联。相传是唐伯虎与无锡一理发师所题。在同一联中，若将一个词作词用之后又作词组用，就叫拆词。上联中的"无锡"，前一个表示地名，是名词；后一个意为"没有锡"，是动宾词组。下联中的"平湖"也是如此。前一个表地名，是名词；后一个"平"为动词，意为"与湖平"，如"平定西南"，"平湖"是动宾词组。这就是拆词。

水韵联趣

阎锡山，过无锡，登锡山，锡山无锡；
范长江，到天长，望长江，长江天长。

这是关于无锡的另一副名对，也有一个有趣的故事。

阎锡山，民国时期重要政治、军事人物，晋系军阀首领。范长江，中国著名新闻记者，曾任新华社总编辑、人民日报社社长等。

一日，阎锡山去无锡游玩，来到无锡的锡山，站在无锡锡山山峰，突然想起那副著名的对联："无锡锡山山无锡，平湖湖水水平湖。"于是阎锡山也口出一联："阎锡山，过无锡，登锡山，锡山无锡；"可无下联。众人皆不能对。"锡山"既是人名"阎锡山"，又是无锡的地名，三次出现。欲对下联，难也。武将一联难住天下文人。

许多年后，范长江到安徽天长县采访。当他们一行来到长江边时，范长江突然想起多年以前阎锡山的上联，顿时来了灵感，便对曰："范长江到天长，望长江，长江天长。"

名人对名人，长江对锡山，奇联。上联中嵌入人名"锡山"，且锡山为无锡地名；下联中嵌入人名"长江"，而长江是中国河名。锡山采空便是"无锡"，而长江却会地久"天长"。妙极。

故事 24

湖中莲苞攥红拳，打谁？
岸上麻叶伸绿掌，要甚？

这是清代大学士纪晓岚对乾隆皇帝之联。纪昀（1724年8月3日至1805年3月14日），字晓岚，别字春帆，号石云，道号观弈道人、孤石老人，清代文学家。官至礼部尚书，协办大学士，总纂《四库全书》，编纂《四库全书总目提要》，学识渊博，才思敏捷，擅长联语。

插图　林梨

第四篇 对联中的故事

有一年,纪晓岚随乾隆皇帝巡视江南来到杭州西湖,湖光山色惹人醉。乾隆皇帝望着湖中一个才露尖尖角的莲苞,一时兴起便吟道:"湖中莲苞攥红拳,打谁?"纪晓岚表面上装作若无其事,暗地里却四处打量,忽见前头有一丛剑麻,心中一亮,就信口吟出:"岸上麻叶伸绿掌,要甚?"乾隆皇帝一愕,连声赞道:"对得好!对得好!纪爱卿果然高才。"不一会儿,君臣来到烂石山前,乾隆皇帝看见山石嶙峋,随口吟道:

"烂石山,山上石稀烂铁硬;"

纪晓岚一时语塞,乾隆皇帝暗自得意。过了不久,他们来到响水桥头,纪晓岚灵机一动,说道:

"响水桥,桥下水滚响冰凉。"

乾隆皇帝又是连连称赞。君臣吟诗作对,好不愉快。

故事 25

一口能吞二泉三江四海五湖水,
孤胆敢入十方百姓千家万户门。

这是一副谜语联,相传是纪晓岚陪乾隆帝下江南时君臣所对,谜底是生活中常用的"热水瓶"。一日,乾隆帝指着桌子上的热水瓶说道:

"一口能吞二泉三江四海五湖水。"

纪晓岚知道皇上是让我猜谜语啊,眉头一皱,计上心来,回了一句谜语下联:

"孤胆敢入十方百姓千家万户门。"

水韵联趣

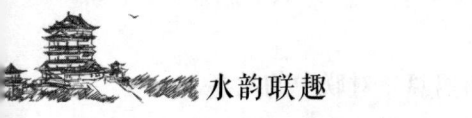

纪晓岚用同样谜底的联句与皇上相对,太有才了。君臣又是开心一笑。

此联虽然字面上浅显易懂,但见"一口能吞""孤胆敢入",足见"此公"器宇不凡。从上联也能看出乾隆皇帝那君临天下的气魄。

谜语联是对联中的一种非常有趣的联类,提起谜语联,必然少不了下面这副既诙谐有趣,又发人深思的对联了。

日落香残,扫去凡心一点;
炉寒火尽,须把意马牢拴。

纪晓岚作为清朝有名的大才子,年轻时已很有名气了。邻村的一个庙里的和尚闻之,请他写一副楹联,纪晓岚欣然同意,提笔一挥而就。"日落香残,扫去凡心一点;炉寒火尽,须把意马牢拴。"联中之意不但合乎佛家的生活规矩,而且创造了一种恬淡优美的意境。寺僧十分高兴,就将这副楹联刻在了柱子上。

本县秀才张琏是纪晓岚的好友,深知他的喜好,闻听此事后,就前往仔细观看并刻意揣摩,猛然理解了其中的奥妙,便开口大笑。寺僧惊问其故,张琏详细解释后,寺僧马上把这副楹联换了。

原来,这是一副谜语联。上联的"日落香残"是个"禾"字,"扫去凡心一点"是个"几"字,整个上联组成一个"秃"字;下联"炉寒火尽"是个"卢"字,"须把意马牢拴"则为一个"马"字,整个下联组成一个"驴"字。这副对联合在一起就是——"秃驴"。和尚被纪晓岚戏弄了。

字面上,"意马"即心猿意马,原本佛教或道教语,喻攀缘外境、浮躁不安之心有如猿猴跳跃、快马飞奔一样控制不住。东汉魏伯阳《参同契》注:"心猿不定,意马四驰,神气散乱于外。"后形容心思不定。

如果抛去无理的戏谑成分,对联本身给予我们许多深刻的启示。按照联本意理解的话,可以理解为:既然已皈依佛门,就应该免去凡心,一心向佛,切不可心猿意马。做任何事都需要持之以恒,锲而不舍。

有时候,人们难免会在一些时刻陷入困境,工作的压力、生活的烦恼、情感上的不顺遂,都会让人感到疲惫。

许多时刻,我们觉得累,不是身体的累,而是心里的累。有些人,越去强求,越是在折磨自己。有些事,越去纠结,越会让自己陷入糟糕的情绪。如果走不出思维的偏狭,就会觉得全世界都在跟自己过不去。

第四篇　对联中的故事

整副对联给人以深深的启迪：世事起伏不定，务必保持一颗平常心，平平淡淡才是真！无论是工作还是家庭，莫不如此。工作上，不要好高骛远、事事攀比、斤斤计较；家庭里，切忌追求刺激、盲目攀比、不负责任。正如《增广贤文》所载："黄金未为贵，安乐值钱多。"又如《红楼梦》中的《好了歌》："世人都晓神仙好，只有金银忘不了！终朝只恨聚无多，及到多时眼闭了。"家庭当中，虽说"没钱是万万不能的"，但有钱也买不来幸福；人生路上，谁不渴望功成名就，然而"成功"的标准并无定论。

插图　林梨

故事26

水部火灾，金司空大兴土木；
北人南相，中书君不是东西。

这副对联展现了纪晓岚一贯的诙谐、幽默、机智的风格。以方位入联看起来容易，运用好却很难。相传乾隆年间，京城工部衙门失火，乾隆命大司空金简重新建造。当时京城流传这么一副上联：

"水部火灾，金司空大兴土木；"

后来纪晓岚对道：

"北人南相，中书君不是东西。"

按五行说法，东属木，西属金，南属火，北属水，中属土。用"东西南北中"对"金木水火土"，对得工整，骂了中书。

故事 27

洞庭八百里，波涛涛，浪滚滚，大宗师由何而来？
巫山十二峰，云重重，雾霭霭，本主考从天而降！

此联来自清初著名学者、诗人、翰林院侍读周渔璜。周渔璜任浙江主考初到杭州那年，一群考生听说他是贵州"蛮子"，认为他没有什么真才实学，就将他围住，借"欢迎"为名，故意为难他。其中一位考生高声问道：

"洞庭八百里，波涛涛，浪滚滚，大宗师由何而来？"

周渔璜凛然答道：

"巫山十三峰，云重重，雾霭霭，本主考从天而降！"

这群考生听了顿时目瞪口呆，不得不服，且为他们莽撞的行为后悔不迭。

故事 28

鸿是江边鸟，
蚕是天下虫。

母鸭无鞋空洗脚。
公鸡有髻不梳头。

海到无边天作岸,
山登绝顶我为峰。

在林则徐老家福建侯官县,流传着许多关于他的故事。以上是林则徐少年时对先生的三副对联。林则徐幼承庭训,四岁开始读书写字,七岁就能写出好文章,有"神童""才子"之誉。一天,先生讲课讲到"鸿"字时,出一联要学童对,联曰:"鸿是江边鸟,"林则徐知道这是拆字联。他看到教室外有棵养蚕的桑树,灵机一动,对出下联:"蚕是天下虫。"鸟在江边为鸿,虫在天下为蚕。贴切,工整。

先生带学童春游至河边,见河中好多鸭子戏水,吟出上联:

"母鸭无鞋空洗脚,"

问学童谁能对?过了好一阵未有人对答。突然传来鸡啼声,林则徐高兴地说:"我有下联了!"接着吟出下联:

"公鸡有髻不梳头。"

谐趣,工整。

有一回,老师带学童们游鼓山,爬上鼓山绝顶峰时,一派天风海涛,令学童们兴奋不已。老师以"海"为题,出一上联:

"海到无边天作岸,"

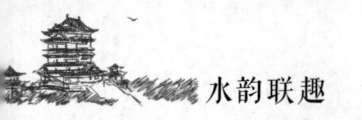

让学童们对下联。没多久，林则徐首先对出下联：

"山登绝顶我为峰。"

上联写站在鼓山上，可以望见无边的大海，海的尽头，就是天了，海天相连，气魄够大。寓学海无边苦作舟，只有勤奋学习，才能到达成功的彼岸。下联则以脚踏绝顶峰，堂堂正正，顶天立地，一览天下，抒发了凌云壮志。上下联平仄、对仗都很工整、和谐，意境绝佳。

下联另有"山登绝顶人为峰。"

故事 29

冰冻兵，兵破冰，冰开兵走；
泥沾尼，尼洗泥，泥净尼归。

相传此联源自清代大学士李鸿章。李鸿章（1823 年 2 月 15 日至 1901 年 11 月 7 日），本名章铜，字渐甫、子黻，号少荃（一作少泉），安徽省庐州府合肥县人，中国晚清时期政治家、外交家、军事将领，洋务运动的主要领导人之一。1875 年，光绪特命北洋大臣李鸿章创设北洋水师（北洋舰队、北洋海军），1888 年北洋水师正式成立，是中国建立的一支近代化海军舰队。舰队实力曾是亚洲第一，世界第九（前八名分别是英国、法国、俄国、德国、西班牙、奥斯曼土耳其、意大利、美国）。一日，李鸿章到天津塘沽视察舰队，见水上结冰，一些士兵在凿冰，破冰后继续进行训练。见此情此景，他突然冒出一上联：

"冰冻兵，兵破冰，冰开兵走；"

可苦思冥想却没有好的下联。众人皆无下联。次日，他到一山寺游玩，见河边一尼姑正在洗鞋，突然来了灵感，对上了自己的上联：

"泥沾尼，尼洗泥，泥净尼归。"

第四篇 对联中的故事

这副上联很有趣,引得众人试对。本人搜集了几副下联,稍作改编如下。但其中的"妃、匪""雨、鱼",虽然音同但调不同。但作为趣味对倒也无妨。

风扬枫,枫卷风,风住枫停。
风吹蜂,蜂顶风,风息蜂飞。
狼挡郎,郎驱狼,狼逃郎赢。
妃遇匪,匪欺妃,妃呼匪惊。
雨淋鱼,鱼避雨,雨停鱼游。

边看边想,甚觉有趣。于是笔者也试对了几联。这里的"狐、虎""烟、燕"也存在音同调不同的问题。

雾淹鹭,鹭迷雾,雾散鹭飞。
樱引婴,婴笑樱,樱落婴啼。
狐畏虎,虎容狐,狐假虎威。
烟熏燕,燕离烟,烟散燕回。

另外,"椰爷""茱蛛""菇姑""路鹭""路鹿""马妈""薯鼠""机鸡""筒童"等等也都可以应对,不一一列举。

上联若是将"开"改为"破":"冰冻兵,兵破冰,冰破兵走;"则更为难对。但李鸿章的尼姑洗鞋联稍作改动仍然可对:

"泥沾尼,尼净泥,泥净尼归。"

下联前一个"净"为动词,后一个"净"可为形容词,也可理解为动词:"泥被洗净"。

"风吹蜂,蜂卷风,风卷蜂飞。"

此下联亦能很好成对。这里的前一个"卷"句可理解为被动态,"蜂被风卷"。但其他的许多下联可能就不太好对了。

水韵联趣

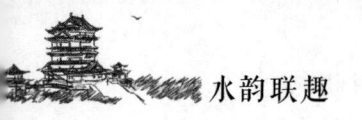

故事 30

白水泉口口口品，
山石岩石石石磊。

白水泉边女子好，少女最妙；
山石岩上古木枯，此木为柴。

此二联为拆字名联，可以说把拆字游戏发挥到了极致。这其中还有一个有趣的故事。

话说清朝乾隆年间，山西侯马大李村有个叫裴律的，自幼饱读诗书，尤擅赋诗联对，被誉为"三晋第一才子"。这一年，他刚满十八岁，自以为名气大了，更是春风得意，狂妄自负。

一日，裴律出外踏青，只见春光明媚，日丽风和，芳草萋萋，一群洁白的羊儿正在泉边饮水，他触景生情，诗兴大发，随口吟道：

"白水泉口口口品。"

这是对联上联。"白水"合而为"泉"，三个"口"字为"品"。七个字，扣住两个字，十分紧凑简洁。

他吟出上联后，却半晌也续不出下联。正在这时，忽听身后一阵朗朗笑声。裴律细看，原来是一位放羊的小姑娘在笑。裴律生气地说："你个放羊的女娃儿，笑我什么？你有本事续出下联来。"

牧羊女笑笑，指指脚下一块岩石，答：

"山石岩石石石磊。"

裴律一听，大为惊讶。想不到这山沟里竟有这等才女。大千世界，真是人才辈出啊。心中暗想："我一个大才子，绝不能输给一个小丫头。待我再出一联，难她一难。"低头一想，便道：

第四篇 对联中的故事

"白水泉边女子好,少女最妙;"

吟毕,他得意地望着牧羊姑娘,似乎在说:"这回看你如何对来?"不料那姑娘毫不慌忙,眸子一亮,随口答道:

"山石岩上古木枯,此木为柴。"

说完,调皮地咯咯大笑起来。
"哎呀!"裴律大惊失色。此句不但对仗工整贴切,而且把裴律暗喻为"枯木朽柴""朽木不可雕也。"在我国许多地方,"木"即为木讷之意,说人傻,至少是不聪明。山野之中,有此才女,真是天外有天啊。想我裴律狂妄自大,实属可笑!于是悻悻而返。

从此以后,裴律痛改傲慢之气,谦虚好学,发愤读书,学问日渐长进。后来金榜题名,位及江西巡抚,居官廉正,深得百姓赞颂。

故事 31

绿水本无忧,因风皱面;
青山原不老,为雪白头。

这是出自李文甫(近代辛亥革命先驱,黄花岗七十二烈士之一)对老师的一副对联。李文甫八岁时随老师出游,二人来到一潭水边,见一池碧水被风吹皱,老师指水出上联:

"绿水本无忧,因风皱面;"

李文甫低头沉思,难得对句。正当他抬头叹息之际,忽见远处山峰,白雪皑皑,悟出下联:

"青山原不老,为雪白头。"

这副对联对仗工整、意境幽远。是一副"比拟对",即把"绿水""青山"拟人化了。从字面上看,水原本没有什么烦恼的,它平静得像一面镜子一样,没有一点皱纹,但被风吹过的时候就起了波澜,好似有了忧愁的事而脸(面)上起了皱纹;山原本是不会老的,但是因为白雪覆盖了山顶,如同经历岁月之变而衰老,好像白了头发一样。

此联的美丽之处在于可以给人无尽的联想。作者巧妙地运用了水"波纹"与人"皱纹"的相似之处,以及白雪与"白头"的相似之处,拟人描写的方式,使得意境十分美妙,形象非常生动,而且富有创意,两句集中反映了作者的忧愁、烦恼之心事,十分形象。比喻因为外界的干扰使自己的内心发生改变。

此联的美妙之处便是"因人、因事、因时、因地、因情"不同而感悟各异。

这可以是相爱后,某方会为对方担忧,愿意为对方付出一切、舍弃一切的盟誓。

这可以是因为爱上了一个人,便会为对方而担忧的忧愁。

这可以是指白头至老,青山象征黑头发,白头即指白发。

这可以是情窦初开的少女,对"无心"郎君打扰内心平静的埋怨。你既无心,何故撩我,破我平静?

这可以是你因小失大,贪小便宜而上大当的懊恼。

这可以是你在职场中因没有定力而致一次失败跳槽的感伤。

这可以是你在人生中"士为知己者死"式的表白。

这可以是科学家对真理毕生的探索。

这可以是边防战士保家卫国的誓言。

这可以是……

故事32

独角兽,
比目鱼。

此联是鲁迅先生少年时在学塾念书时回答寿镜吾老师的妙对。在同学们以"九头鸟""三足蟾""百足蟹"等句作对之后,先生不语。下联均出现了数字,

而上联没有,"鸟""蟹"与上联的"兽"皆为仄声,均不甚满意。听到鲁迅对出"比目鱼",先生大喜,同学们也是一片赞叹声。因为"独"非数字却有"一"的意思,而"比"也非数字却相当于"二"。虽然俱无数字,却都有数的含义,真是奇思妙想、珠联璧合。

笔者受到启发,试对一联:

独角兽,
多足虫。

"多"亦非数字,但本意为数量大,一般表示三以上的数。如多人等。比如"昆虫"皆为"六足",为"多足",而蜈蚣等更是多足。

故事 33

水底日为天上日,
眼中人是面前人。

氷冷酒,一点两点三点;
丁香花,百头千头萬头。

这是一个令人唏嘘怅惋的"生不能对死后对"的凄美故事。

话说在清代乾隆年间,浙江杭州府有一个王姓书生,天资聪颖,一表人才,十八岁便高中举人。人生如此"开挂",王书生孤傲清高,为人狂妄。三年一度的"会试"将开,王书生赴京赶考。一日晌午,书生身心疲惫、饥肠辘辘,便在一酒家歇脚。酒馆依山傍水,环境清幽,诗情画意。太阳在水面倒映出来,泛着璀璨的光芒。书生触景生情,随口吟道:

"水底日为天上日,"

书生正自得意,却不知道下联应该从何处对起。就在这时,端菜的姑娘呵

水韵联趣

呵一笑,对王书生说:这下联又有何难?看着我的眼睛。书生诧异,仔细打量,女子虽然穿着与一般村姑无异,但相貌俊秀、楚楚动人。书生看呆,姑娘却莞尔一笑,慢慢说出下联:

"眼中人是面前人。"

书生不由得内心暗自想道:"好一个冰雪聪明的女子,才貌双全呀!"这个下联不仅对仗工整,而且是在暗示书生:要珍惜"面前人"啊。书生觉得失了面子,眉头一皱,计上心来,不客气地说:

"宠宰宿寒家,穷窗寂寞空守客;"

姑娘见联中全是宝盖头的字,先是一惊,知道王书生是在挖苦她家做酒店生意的,只能十分"被动"地守着客人的到来,于是女子也毫不示弱,她接着和道:

"逍遥近道边,进退迟速连运通。"

书生一惊,没想到这位女子才思竟然如此敏捷,丝毫不在自己之下,但书生哪里肯对一个妙龄女子认输,他用手指了一下近处的池塘,只见几只鸭子在戏水,随口又说出一则上联:

"七鸭浮塘,数数三双一只;"

女子闻之,又是嫣然一笑,她抬起头,缓缓巡视池塘,恰有鱼儿跃出水面,略一沉思,应道:

"尺鱼跃水,量量九寸十分。"

一尺十寸,一寸十分。妙啊!王书生彻底懵了,明显感到自己是被这位小女子又将了一军,心中又羞又恨又喜。心想必须挽回面子。他环顾四周,看见

酒馆案板之上，厨子正在用刀切米粉，于是王书生又出一上联：

"八刀分米粉，"

这上联虽然简短，却"狡猾"异常。因为"八"加"刀"刚好是"分"，而"米"加"分"又刚好又"粉"字。女子思索了一会儿，忽然听到不远处的山上，传来一阵阵清脆的钟声，灵机一动，对出了下联：

"千里重金锺。"

对仗工整，天衣无缝！书生满脸通红，羞愧难当。姑娘反倒心中窃喜，笑呵呵地对书生说道："书生好有才气，小女子深深佩服。不过，我这里也有一副上联，还请书生指教。"她慢启朱唇，轻轻吟道：

"氷冷酒，一点、两点、三点；"

女子的这副上联，看似简单，实则非常难对。在《康熙字典》中，"冰"字的旧体写法为"氷"。上联取"氷冷酒"的部首成联，依次为"一点水""两点水""三点水"，不可谓不绝。书生沉吟许久，依然无对。心中又急又羞又恨！可怜书生一时间急火攻心，一病不起，不日抱憾身亡。一位才子，满腹经纶，如此离去，让人可叹！书生去世之后，就埋在了酒馆不远处的深山之中。

一年后的清明，女子独自一人，来到王书生坟前默默哀悼，她沉重地叹息了一声，看到王书生坟头盛开的丁香花，心下惆怅不已、泪流满面。她知道，王书生死后终于对出了下联：

"丁香花，百头千头萬头。"

"百"头为"一"，与"丁"头同；"千"头为"横撇"，与"香"头同；"万（萬）"头与"花"头同为"草字头"。非常工整。可惜一切都已经太迟了！如果王书生能够早一点对出下联的话，说不定，这个故事的结局，会很美好呢！

这个对联故事中有一副联句："水底日为天上日，眼中人是面前人。"很是

发人深思。当今社会,又何尝不是如此。要珍惜"面前"的工作机会,兢兢业业,脚踏实地,必有所获。频繁跳槽(本人并不纯粹反对跳槽),几年下来,可能发现自己在"原地踏步"。家庭中夫妻之间更是如此,若能珍惜当下的缘分,始终做到"面前人"就是"眼中人",心无旁骛,"眼中无他人",那么即使发生矛盾,也能"大事化小,小事化了",也能做到互谅互让,你"忍一言",我"退半步",虽不能总是"风平浪静",却必能相爱相守,天长地久。

是啊,珍惜"面前人"。

故事 34

伤心夜雨,蕉窗点半盏寒灯,替诸生改之乎者也;
回收秋风,桂院剩一支秃笔,为举家谋柴米油盐。

相传这是从前一个教书先生的自题联。我国古代的许多落第秀才、教书儒士们,尽管满腹经纶,却往往怀才不遇,留下了许多诉说自己清贫辛酸的对联,感叹人间世事的不平和痛苦,此联即其中之一。"秋风""夜雨""寒灯""秃笔""柴米油盐",这景象表现了儒士凄惨的心情和窘迫的家境,白描的艺术手法,极具感染力。

"伤心夜雨":"夜雨"本就多带愁意,而这位先生为何"伤心"呢?从"蕉窗"可以让人想到,先生住的是"茅屋",结合下句的"为举家谋柴米油盐",就很容易让人想起杜甫《茅屋为秋风所破歌》中的"布衾多年冷似铁,娇儿恶卧踏里裂。床头屋漏无干处,雨脚如麻未断绝。"足见这教书先生生活的不容易。

以"柴米油盐"对"之乎者也",天然成趣,足见这教书先生是很有才学的。

故事 35

树大根深,不宿无名小鸟;
滩干水浅,难藏有角蛟龙。

相传从前有一个穷书生赴京赶考,途中在一客栈投宿,店主见他一副穷酸样,十分傲慢,出上联:"树大根深,不宿无名小鸟;"书生虽心中不快,却未予表露,随口对曰:"滩干水浅,难藏有角蛟龙。"

店主暗暗佩服,此生确有真才实学。放下傲慢、热情接待。

人生就是这样。不要总是抱怨自己怀才不遇,当你脚踏实地干,展示出自己的真才实学,干成了实实在在的事情,做出了真真正正的业绩,自然就会有相应的收获。

故事 36

山羊上山,山碰山羊角,咩……
水牛下水,水淹水牛腰,哞……

此联来源于传统相声中的"摹声对"和"复词对","咩""哞"是羊和牛的叫声,"山水"用了四次,"牛羊"用了两次。

另有一说,这是一副"追加"联,可以不断加字。上联:"山羊",对"水牛"。"山羊上山",对"水牛下水"。"山羊上山,山碰山羊角"对"水牛下水,水淹水牛腰"。最后加上"咩……""哞……"。此联不断加字、环环相扣,内容完整、对仗工整。加上最后的象声词,更是妙趣横生。

故事 37

潘家公子,有水有田兼有米;
何氏姑娘,添人添口又添丁。

这是一副有趣的"花轿联",作者不详。传说某地何家嫁女,男方是外地潘家。良辰吉日,潘家吹吹打打,抬着大红花轿前来迎亲,轿帘右侧写着一比对头:

"潘家公子,有水有田兼有米;"

此联看似简单,其实是个拆字联:潘字中有水有田兼有米。对上的确不容易。

何家鸣炮,按风俗迎接。午时,宾客们酒足饭饱,一切礼物嫁妆打点停当,新娘也穿戴好早早上了大红花轿。可是,送嫁的队伍却迟迟不见动身。这时,太阳快下山了,坐了半天花轿的新娘等得不耐烦了,便问轿边的伴嫁娘,时间不早了,因何尚未起行?伴嫁娘便把何家尚欠男方一笔"花轿联"尾,一批文人墨客咬文嚼字未能对上之事说了一遍。新娘一听,便说:"这有何难?待本姑娘对来!"言毕,玉手轻撩轿帘,看了一眼联首,随口而对:

"何氏姑娘,添人添口又添丁。"

所对极妙,不仅以拆字联相对:何字由人、口、丁,而且寓意喜庆、大吉。

新娘吟罢,放下轿帘。笔墨先生立即高兴地走过去把此比对尾写于轿门左侧上。随即八音齐奏,新娘在太阳下山前出嫁。众客对新娘捷才佩服之至,齐声赞道:"客姑善诗对,才女配才郎!"

故事 38

墨池轻憩月,
瓶菊暗生香。

"墨池",民间流传位于江西省抚州市临川区,相传是东晋大书法家王羲之洗笔砚处。北宋文学家、史学家、政治家、"唐宋八大家"之一的曾巩,曾专程来临川凭吊墨池遗迹,写下了著名散文《墨池记》。惜墨池也好,洗墨池也罢,自然可以想象"乌云临兮卧墨池,青龙来兮弄墨香"的文人气息。出句淡雅,一个憩字,把"月爱墨池荷弄影"的类似场景营造出来,似少女般婀娜多姿。对句的瓶菊更是细腻,或可理解为"采菊东篱"后的怀念,出对用字纤细,有色有香,格调淡雅。

故事 39

上海自来水来自海上，
西山悬空寺空悬山西。

据传，20世纪二三十年代的时候，上海的小报上刊登"上海自来水来自海上"，求下联。但没有征集到合适的下联。不过没想到的是，此后数十年来，应对热度不减，但鲜有满意之作。

后来陆续有很多人对出了下联，有的下联还是颇有趣味。笔者斗胆认为，"西山悬空寺空悬山西"可称佳品。"西""上"方位相对，"山""海"相对，甚工。"上海""山西"均为省级行政单位。"悬空寺"对"自来水"也非常工整，都是偏正结构的专有名词，悬空寺位于山西省大同市浑源县恒山西侧的翠屏峰峭壁间，真的是空悬"（恒）山西（侧）"。"西山""上海"，所对贴切。上下联均是对一件事物的描述，内容完整，词性合理，平仄合韵。虽然"上海自来水"现在还不是"来自海上"，岂知若干年后，随着海水淡化技术的进步和成本的下降，有朝一日可能真的会是"上海自来水来自海上"。

有不少爱好者对出了下联，皆为好句，各有千秋，录来一赏：

北京输油管油输京北。（此句亦佳，只是"北""上"同为仄声）
西湖垂柳丝柳垂湖西。
西山运煤车煤运山西。
中山在建房建在山中。

还有一些下联，能够回文，内容完整，各具特色：

黄山落叶松叶落山黄。
云南丽江城江丽南云。
花莲浣纱女纱浣莲花。
贵阳多阴雨阴多阳贵。
南海护卫舰卫护海南。（虽"海"重复，值得点赞）

水韵联趣

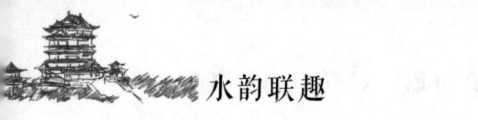

故事 40

逢迎远近逍遥过，
进退连还运道通。

湖南省长沙市有一家饭店挂着一副对联："逢迎远近逍遥过，进退连还运道通。"此对联全是"走之"旁。行人到了该店门前都会驻足观赏，有的便进店用餐，起到了招揽顾客的效果。此联可能化自下面这副对联：

进退连还，逢迎远近逍遥过；
流浪江湖，溯源汪洋漫漂泊。

上联全为"走之"旁，下联全为"三点水"，且上下联意境相通，堪称佳偶。与"进退连还，逢迎远近逍遥过；"相对的佳句还有：

"寄寓客家，牢守寒窗寂寞空。"
"迤逦逆返，通达遐迩迅速迥。"

附录
趣联共赏

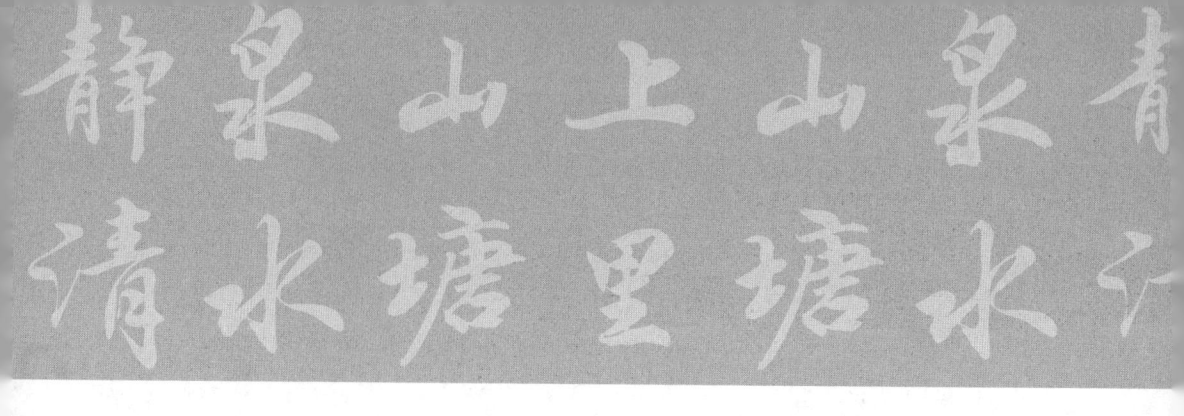

一、无情对

无情对大多为信手拈来，偶然得之，但绝非"拉郎配""乱点鸳鸯"所能成功，对句也必须有完整的意思，而且出其不意，方能妙趣横生，却又回味无穷，故无情对中的佳句较少。以下所选取的无情对，并非都是"水联"，但由于无情对是对联中一种特别的存在，可读性极强，因而将其收入书中。

所谓无情对，用《清稗类钞·流水联》中的话来说，就是"对联仅对字面，而命意绝不相同者"，古人亦称为"流水联"，而与通常将一句话分成两半说的所谓"流水对"即"串对"有别。这种对联，只求上下联的平仄与对仗相合，而不管内容上有无联系。现代中国楹联学会陆伟廉先生在《莫把"拼盘"当对联》一文中，把这种无情对称为"拼盘"，说它既没有刻画什么，也没有记述什么，只纯粹是文字游戏。无情对的特点，是以借对取胜。即在用某个词语的甲义（包括某种词性和结构）时，又借它的乙义来与另一个词语相对。

传说晚清名臣、清代洋务派代表人物张之洞首创无情对。

一日，在陶然亭会饮，张香帅始创了无情对。

"树已千寻休纵斧，"（友出联）
"果然一点不相干。"（张应对）

"一点"对"千寻"，数量词相对，古八尺为一寻。"斧"为兵器，"干"亦然。"干"始见于甲骨文，为象形字，像有丫杈的木棒形，本义是一种抵御戈的武器，即盾牌。"相"字始见于商代甲骨文及商代金文，其古字形像用眼观察树木，本义是查看，即观察形状，加以判断。相又引申为占视，即根据事物外貌、外形和情状来占卜祸福。又引申作名词用，指所观察的情状、形貌，又指起辅助作用的人。以上读 xiàng。相又读作 xiāng，表示亲自视察。

"欲解牢愁惟纵酒，"（友又出）
"兴观羣怨不离诗。"（张又对）

此联尤工，因"解"与"观"皆为卦名，"愁"与"怨"皆从心部，最妙者则"牢"字之下半为"牛"，而"羣"（现为"群"）字之下半为"羊"，更觉想入非非。"诗""酒"不分家，"李白斗酒诗百篇"。

最后，张以"陶然亭"三字命作无情对，朋友答曰："若要无情，非阁下姓名莫属矣。"众大笑，盖"张之洞"也。

庭前花始放，
阁下李先生。

这也是一副有趣的无情对。"阁下"既为一种尊称，又指楼阁之下，故"阁"与"庭"恰好相对。"李"既指李姓，又指李树。一"花"一"木"恰好相对。"先生"既指一种尊称，又指首先长出。下联三用借对，与上联对得工而且巧。

公门桃李争荣日，
法国荷兰比利时。

这是非常经典的一副无情对。上联"公门桃李"化自语本《资治通鉴·唐纪·则天顺圣皇后久视元年》"或谓（狄）仁杰曰：'天下桃李，悉在公门矣！'"指唐代名臣狄仁杰门生之多。狄仁杰曰："荐贤为国，非为私也。"下联为三个国名。荷兰，又作"荷""兰"两种花名，与"桃""李"两种树木相对，木本对草本，极工。比利时，又以"比利（之）时"意与"争荣（之）日"对。此联两用巧妙借对，对仗极为出色。

佳人苹果脸，
瑞士葡萄牙。

水韵联趣

此联是光绪皇帝与珍妃所对。上联"佳人苹果脸"是皇上说珍妃的,夸珍妃漂亮,一张脸像苹果一样红扑扑的。下联用的无情对,"葡萄"对"苹果""牙"对"脸",对得相当好。尤其是皇上夸珍妃"佳人",珍妃娘娘则恭维皇上是"瑞士",非常得体。"瑞":本义之玉制的符信,作凭证用。娘娘夸皇上是"讲信用"的君子,是珍妃娘娘可托付之人,引申为天下可托付之人。"瑞"还有"祥瑞"之意,喻指皇上能为百姓带来幸福。

三星白兰地,
五月黄梅天。

此上联是民国时期一家酒吧老板为使生意兴隆而别出心裁,有奖征联,出上联"三星白兰地",获奖下联为"五月黄梅天"。上联应景,"白兰地"为"三星"级酒。下联应时,"五月"的江南,常出现阴雨连绵的天气,此时恰逢黄梅成熟之季,故称"黄梅天"。数字、颜色、花木、星月、天地相对,每一个字对仗都极为工整,可意思却风马牛不相及。此联成为无情对的名句。征联活动使酒吧名声大振、生意兴隆,也使无情对广为人知。

以下也是两副有名的无情对:

三尺天蓝缎,
六味地黄丸。

鸡冠花未放,
狗尾草先生。

二、趣联小酌

这里收录的趣联,均为长期收集而来。只因资料的不完善,对联的作者等信息均不详。这些对联不仅对仗十分工整,而且内容妙趣横生,故而一并收入附录中,权作茶余饭后、朋友小酌之谈资。

附录 趣联共赏

曲颈先生上岸，两腿迈开八字步；
扁嘴丫头下水，双脚拔乱九龙宫。

此联是象形动物联，出句咏鹅，对句咏鸭。对于水中家禽，鹅的"曲颈"（唐代骆宾王有"曲项向天歌"诗句）和鸭的"扁嘴"很有特点，一称"先生"，一称"丫头"，家禽拟人化，的确有情趣。

李打鲤，鲤潜底，李沉鲤又出；
风吹蜂，蜂落枫，风止蜂再飞。

此联既是"同音对"，又是"绕口对"，"李""鲤""底"，"风""蜂""枫"，同音而绕口。内容是写生活中的情趣：用李子打鲤鱼，鲤鱼便下潜水底躲避，李子沉下后，鲤鱼又浮游起来；大风不停地吹着蜜蜂，于是蜜蜂停落在枫树上休息，风停了蜜蜂再飞起来。趣味十足，画面感强烈。

送君别去花如雪，
赠我相思梦亦芳。

此联刻画了男女之间的情意。出句是一种恋人离别的惆怅之情，与爱人分别，落花如雪花，使人倍感心伤。对句是对未来的展望，对爱的寄托，对爱人的劝慰：不必难过，因为有你的相思，我连做梦都感到芬芳。

密云布雨，引三河，灌玉田，万年丰润；
平谷移山，填静海，建乐亭，百世兴隆。

联中密云、平谷属北京市。三河（三河市，隶属河北省廊坊市，地处京津之间）、玉田（玉田县，隶属河北省唐山市，地处河北省东北部）、丰润（丰润区隶属河北省唐山市，位于河北省东部）、静海（静海区是天津市市辖区）、乐亭（河北省唐山市辖县）和兴隆（兴隆县，地处河北省东北部，承德市）均为距北京不远的地名。巧集地名，堪称佳句。

水韵联趣

霜降如小雪，
春分不大寒。

这一联总共只有十个字，却包容四个节气，上联中的两个节气名称用一个"如"字相连接，即变成了联中有景，让人们欣赏到了一幅秋冬时节的"霜晨图"；下联中间的"不"字用得十分巧妙，与后面的大寒相连，把春分时节乍暖还寒的气候特征准确而又生动地描绘了出来。与这副对联异曲同工的还有另一副：

天气大寒，霜降屋檐成小雪；
日光端午，清明水底现重阳。

逗春天下雪，
藏月水生辉。

此联上句的"逗"字甚妙，流露出无穷意趣。把雪比作顽童的形象，好像老天下雪是被"逗"的，读来很有感觉，别样情趣。对句着笔藏而不露，水之所以能熠熠"生辉"，原来是因为把月"藏"于水下，十分生动有趣。此联对仗工整，朗朗上口。把本是季节的"春"，静物的"雪"和"水"表现得生动活泼，饶有趣味。

狂诗须纵酒，
醉墨不循规。

此联豪情满怀，大气磅礴。上联让人想起"诗仙"李白斗酒诗百篇，"天生我材必有用""与尔同销万古愁"。下联则易联想到"草圣"张旭，醉后狂草，奇崛而精悍。"书圣"王羲之的《兰亭集序》亦为"一觞一咏"的醉墨，不仅文章文采飞扬（十六个成语出于其中），作品更是被誉为"天下第一行书"。酒醒后王羲之不满意文中的多处涂改，便用心重新书写了几遍，却均不如意，再也没有了觥筹交错之间那种酣畅淋漓的万千风情。有全才之称的"坡仙"苏轼的《赤壁赋》同样是醉墨，清风明月，千古流芳。

附录　趣联共赏

云在匡庐摇瀑落，
我从沧海牧鲸归。

此联极其霸气，不输项羽。"匡庐"即庐山。"瀑落"化自李白《望庐山瀑布》"日照香炉生紫烟，遥看瀑布挂前川。飞流直下三千尺，疑是银河落九天。"上联虽借李白诗歌之势，然而笔者认为，其势比之李白"直下三千尺""银河落九天"也毫不逊色。此处的"摇"堪比李白的"挂"。瀑布既是"挂"着，白云一"摇"，自然"瀑落"。只有"挂"，才能"摇"，继而"落"。你怎么"挂"上去的，我就怎么"摇落"下来。一"摇"一"落"，神仙为之，生动无比。对句同样气势不凡。"鲸"乃海洋之霸主，可在下联中被视为绵羊，沧海也不过牧场而已。一个"牧"字，足见胸襟，足显霸气，足以了得。整联如仙如古，大气磅礴，给人无限的诗情想象与画面感觉。时空穿越，今古互动，妙笔生花，妙趣横生，妙不可言。

周游列国，孔丘是跳槽鼻祖；
威震龙宫，悟空为下海先驱。

此联可谓是借题发挥、推陈出新。将历史故事和神话传说，与市场经济条件下"跳槽""下海"的新生事物相联系，鲜活而充满新意，饶是有趣。

移椅倚桐同赏月，
等灯登阁各攻书。

此联是历代流传的同音巧对。它的字面意思并不难理解：移动椅子，倚靠在桐树下，共同赏月；等候上灯时，登上楼阁，各自读书。其中"移、椅、倚""桐、同""等、灯、登""阁、各"分别都是同音字。

饥鸡盗稻童筒打，
暑鼠凉梁客咳惊。

水韵联趣

此联也是民间流传的同音巧对,"饥""鸡"、"盗""稻"、"童""筒"、"暑""鼠"、"凉""梁"、"客""咳"都是同音字。上联说,一只饥饿的鸡,盗吃稻谷,儿童发现后便用竹筒去打;下联说,老鼠为了躲避暑热而爬到梁上乘凉,家中客人一咳嗽,把老鼠惊吓了。对仗工整,妙趣!妙趣!

对联是一种独特的文学艺术形式、讲究平仄对仗,历来属于中文。但凡事总有例外,随着中西方文化的相互交流增多,对联也出现了中西合璧的现象。例如1936年,鲁迅先生逝世,郭沫若就写过这样一副挽联:

平生功业尤拉化,
旷世文章属阿Q。

上联写鲁迅提倡文字改革,使汉语拉丁化、大众化功不可没;下联写鲁迅的小说《阿Q正传》是文学瑰宝,将英文字母Q嵌入对联,新鲜又有趣。

还有一副对联是写有位教数学的老师因生活所迫,不幸劳累过度而死,教英语的妻子便结合自己的职业,用英汉两种文字撰写一副挽联,嵌入联中的英文字母多达六个:

为X、Y、Z送了君命;
教W、F、S依靠何人?

上联巧用代数中常用的符号X、Y、Z,道出亡夫的职业特征、又隐喻这位老师永远解不完的未知数,一语双关;下联三个字母分别是英文"妻子(Wife)""父亲(Father)""儿子(Son)"的首字母。

上述对联都是在中文中嵌入英文字母,较为特殊的是,有一副对联上联全是英文:

To China for china, China with china, dinner on china;

(译为:去中国买瓷器,中国产瓷器,吃饭用瓷器。)

下联是中文:

附录　趣联共赏

到前门买前门,前门没前门,后门有前门。

下联第一、第三个"前门"的意思是前面的门,与"后门"意思相同;第二、第四、第五个"前门"的意思是大前门牌香烟。其对仗工整,饶有风趣,的确是一副奇妙的中英文对联。

更有趣的是,有一副对联竟没有一个汉字。上联是1234567,下联是ABCDEFG,横批OK。

这是一位音乐老师和一位英语老师喜结良缘时,同事送的贺婚联。上联的数字是简谱的七个音符,下联是英文字母中的前七个,横批中的"O"是乐谱中的休止符,"K"还是英文字母。可谓珠联璧合,妙趣横生。

三、奇联共读

　　船载石头石重船轻轻载重,
　　丈量地面地长丈短短量长。

　　天近山头行到山腰天更远,
　　月浮水面映到水底月还沉。

　　南通州,北通州,南北通州通南北;
　　东当铺,西当铺,东西当铺当东西。

　　南通州,北通州,南北通州通南北;
　　春读书,秋读书,春秋读书读春秋。

　　白塔街,黄铁匠,生红炉,烧黑炭,冒青烟,闪蓝光,淬紫铁,坐北朝南打东西;
　　淡水湾,苦农民,戴凉笠,弯酸腰,顶辣日,流咸汗,砍甜蔗,养妻教子育儿孙。

水韵联趣

上钩为老，下钩为考，老考童生，童生考到老；
一人是大，二人是天，天大人情，人情大过天。

水有虫则浊，水有鱼则渔，水水水，江河湖淼淼；
木之下为本，木之上为末，木木木，松柏樟森森。

天下口，天上口，志在吞吴；
人中王，人边王，意图全任。

冯二马，驯三马，冯驯五马诸侯；
伊有人，尹无人，伊尹一人元宰。

日月明朝昏，山风岚自起，石皮破仍坚，古木枯不死；
可人何当来，千里重意若，永言咏黄鹤，士心志未已。

调琴调新调调调调来调调妙，
种花种好种种种种成种种香。

（上联中的一、三、八字读音为调整的调，其余的"调"读音为音调的调。下联中的一、三、八字读种植的种，其余的"种"读种子的种。）

客上天然居，居然天上客；
人过大佛寺，寺佛大过人。

客上天然居，居然天上客；
僧游云隐寺，寺隐云游僧。

小酌秋月观云舞，
醉卧春风听雨眠。

附录 趣联共赏

人闲桂花落，
夜静春山空。

贤出多福地，
地福多出贤。

室雅何须大，
花香不在多。

人中柳如是，
是如柳中人。

凤落梧桐梧落凤，
珠联璧合璧联珠。

静泉山上山泉静，
清水塘里塘水清。

天近山头行到山腰天更远，
月浮水面捞到水底月还沉。

重重叠叠山曲曲环环路，
高高下下树叮叮咚咚泉。

断桥桥不断，
残雪雪未残。

鱼钓钓鱼鱼骇钓，
马鞭鞭马马惊鞭。

烧火火烧烧火杖，

水韵联趣

渡船船渡渡船人。

空中腾雾雾成云，云开见日；
水上冻冰冰积雪，雪上加霜。

看山山已峻，
望水水乃清。

雪里白梅，雪映白梅梅映雪；
风竹绿竹，风翻绿竹竹翻风。

佛脚清泉飘，飘飘飘，飘下两条玉带；
源头活水冒，冒冒冒，冒出一串珍珠。

万瓦千砖，百日造成十字庙；
一舟二橹，三人遥过四通桥。

花甲重开，外加三七岁月；
古稀双庆，内多一个春秋。
（贺141岁寿联）

一掌擎天，五指三长两短；
六合插地，七层四面八方。
（六合指六合塔，即六和塔）

童子看橡，一二三四五六七八九十；
先生讲命，甲乙丙丁戊己庚辛壬癸。

有三分水，二分竹，添一分明月；
从五步楼，十步阁，望百步大江。

附录 趣联共赏

五百罗汉渡江，岸边波心千佛子；
一个美女对月，人间天上两婵娟。

立德立言乃是立功之本，
群有群享顺从群治得来。

刚日读经，柔日读史；
怒气写竹，喜气写兰。

咬定几句有用书，可忘饮食；
养成数竿新出竹，直似儿孙。

檐下蜘蛛一腔丝意，
庭前蚯蚓满腹泥心。

眼前一簇园林谁家庄子，
壁上几行文字哪个汉书。

吴下门风户户尽吹单孔箫，
云间胜景家家皆鼓独弦琴。
（上联谜底：吹火筒。下联谜底：弹棉花。）

铁瓮城西，金玉银山三宝地；
华夏国中，孔孟墨子一圣人。

白头翁牵牛耕熟地，
红娘子佛手引金针。

白头翁牵牛耕熟地，
女贞子打马过淮山。

水韵联趣

（上两副联中白头翁、牵牛、熟地及女贞子、打马、淮山、红娘子、佛手、金针均为中草药名。）

烟沿艳檐烟燕眼，
雾捂乌屋雾物无。
（上联中的第二个烟为动词，指由于烟的刺激使眼睛流泪或睁不开。下联中的第二个雾为动词，表示雾笼罩于，使朦胧，使迷惑。）

寂寞寒窗空守寡，
俊俏佳人伴伶仃。

塔楼亮灯，层层孔明；
荷塘抠藕，节节太白。
（孔明、太白均为双意。）

民犹是也，国犹是也，何分南北；
总而言之，统而言之，不是东西。

一二三四五六七，
孝弟忠信礼义廉。
（此为缺字联。上联缺八，下联缺耻，暗指忘八、无耻。）

二、三、四、五
六、七、八、九
横批：南北
（上、下联分别缺一和十，横批缺东西。暗指缺衣少食无东西。）

望天空，空望天，天天有空望空天，
求人难，难求人，人人逢难求人难。

湛江港清波滚滚，

附录 趣联共赏

渤海湾浊浪滔滔。

月垂天边走近天边天还远，
日浮水面拨开水面水又深。

北雁南飞，双翅东西分上下；
前车后辙，两轮左右走高低。

半夜二更半，
中秋八月中。

有志者，事竟成，破釜沉舟，百二秦关终属楚；
苦心人，天不负，卧薪尝胆，三千越甲可吞吴。

大度能容容天下难容之事，
慈颜常笑笑世上可笑之人。

假作真时真即假，
无为有处有亦无。

四口同图，内口皆归外口管；
五人共伞，小人全仗大人遮。

此木为柴山山出，
因火成烟夕夕多。

妙人儿倪家少女，
大言者诸葛一人。

闲看门中月，
思耕心上田。

水韵联趣

张长弓，骑奇马，单戈作战，
嫁家女，孕乃子，生男曰甥。

行行，行，行行且止，
坐坐，坐，坐坐何防。
（题浙江奉化"休休亭"）

两舟竞渡，橹速不如帆快；
百管争鸣，笛清难比萧和。
（橹速、帆快、笛清、萧和分别指谐音的著名历史人物：鲁肃，樊哙，狄青，萧何。）

收二川，排八阵，六出七擒，五丈原头，四十九盏明灯，一心只想酬三顾；
取西蜀，定南蛮，东和北拒，中军帐里，金木土革爻卦，水面偏能用火攻。
（上联嵌了一至十的数目字，写了诸葛亮的十件事。下联同样用诸葛亮的生平事迹，用五方加上五行十件事，对得工整自然。）

参 考 文 献

[1] 萧涤非，程千帆，马茂元，周汝昌，周振甫，霍松林，等．唐诗鉴赏词典 [M]．上海：上海辞书出版社，1983．

[2] 余德泉．对联通 [M]．长沙：湖南大学出版社，2003．

[3] 顾平旦，曾保泉．对联欣赏 [M]．北京：文化艺术出版社，1982．

[4] 顾平旦，李春发．十五集电视连续剧《联林珍奇》对联集 [M]．北京：华夏出版社，1991．

[5] 安徽文艺出版社．对联精选 [M]．合肥：安徽文艺出版社，1982．

[6] 余德泉．对联纵横谈 [M]．上海：上海古籍出版社，1985．

[7] 陆伟廉．对联学知识导读 [M]．合肥：黄山书社，1989．

[8] 常江．对联知识手册 [M]．北京：中国青年出版社，1990．

[9] 梁羽生．名联谈趣 [M]．上海：上海古籍出版社，1993．

[10] 龚联寿．中华对联大典 [M]．上海：复旦大学出版社，1998．

[11] 浏阳河，武文义，赵生明．诗词荟萃 [M]．西安：陕西人民出版社，1989．

[12] 房开江，潘中心．唐人绝句五百首 [M]．贵阳：贵州人民出版社，1981．

[13] 上海古籍出版社．唐诗一百首 [M]．上海：上海古籍出版社，1978．

[14] 左建华，陶家元，朱兴根，郭占魁．绝句一百首 [M]．北京：新华出版社，1982．

[15] 张巨才．宋词一万首 [M]．北京：燕山出版社，1996．

[16] 《唐诗三百首》编写组．唐诗三百首 [M]．北京：人民出版社，2019．